Die Frau mit Bart

Renan Demirkan

Die Frau mit Bart

Kiepenheuer & Witsch

Umschlaggestaltung: Rudolf Linn, Köln
Umschlagfoto: Gudrun Stockinger, Köln
Satz Jung Satzcentrum GmbH, Lahnau
Druck und Bindearbeiten Clausen & Bosse, Leck
ISBN 3-462-02357-8

. . . uns treibt die Kraft,
aus dem, was bleibt.
William Wordsworth

»In dem Dorf, in dem ich groß geworden bin, lebte eine Frau, die hieß Frau Mann. Und Frau Mann hatte einen Bart. Die Kinder sagten, sie hätte einen Bart, weil sie keinen Mann hat.« Anna tastet mit beiden Händen ihre Wangen. »Manchmal starre ich in die Gesichter, ob da vielleicht heimlich etwas weggezupft oder rasiert worden ist.« Sie lehnt sich ganz in den Strandkorb zurück. »Frau Mann war der erste Mensch, der mir ein Buch geschenkt hat. ›Der Zauberer von Oz‹. Ich hab' mich oft gefragt, warum sie das gemacht hat. Einfach so. Ich stand an der Bahnschranke. Der Zug aus der Stadt war gerade eingefahren. Schon beim Aussteigen wedelte sie mir mit dem Buch in der Hand zu. ›Hier, für dich‹, sagte sie. Die Schranken gingen hoch, sie ging in ihr Haus, und ich fuhr ins Dorf hoch.«

Katrin gießt Kaffee nach. »Hast du Hunger? Das Essen ist sicher schon fertig.«

»Nein, danke.« Anna rührt viel Milch in die französische Keramikschale. Sie sieht müde aus. Gestern hatte sie sich kurzfristig entschlossen, Katrin auf der Insel zu besuchen. Die Tochter war vor einer Woche zum Vater in die Ferien gefahren, und sie saß rund um die Uhr bis Programmschluß vor dem Fernseher, das Telefon neben sich. »Wie in der Einsegnungshalle, Uhrenticken und Kerzenflackern, und irgendwo draußen große Feste, Lachen und Musik. Ich will das Meer sehen«, hatte sie Katrin gesagt.

»Dabei war da ein Mann. Ich erinnere mich genau, wie sie ihn Freitag abends vom Bahnhof abholte, mit ihm fest eingehakt ein paar Meter weiter die Dorfstraße hinaufging und in dem hohen Haus auf unserer Straßenseite verschwand. Drei Stockwerke später ging dann oben das Licht an. Im Winter konnte ich das besonders gut beobachten, wenn die Bäume und das Gebüsch durchsichtig waren. Der Bahnhof stand ziemlich genau in der Mitte zwischen unserem Wohnzimmer und ihrem Dachgeschoß. Wir wohnten Paterre. Er kam aus der Stadt. Am Sonntagabend brachte sie ihn, wieder fest eingehakt, zurück. Er hatte graue Haare, war aber nicht alt. Ein schmaler Mensch, dick angezogen, der immer wieder ihre Hand streichelte. Sie lachten viel. ›Die sind bestimmt nicht verheiratet‹, höre ich mich noch sagen, ›meine Eltern lachen nur, wenn Besuch kommt.‹ ›Meine auch‹, sagte meine Freundin.«

»Wie alt war Frau Mann?«

»Wie du. So um die 50, glaube ich. Eine kleine, dunkelhaarige Frau mit breiten Schultern und großer

Brust, sie hatte fast keine Taille, und, wie ein Widerspruch, schlanke, sehnige Waden. Sie trug immer helle Nylons, ob Sommer oder Winter, helle Nylons und hohe Stöckelschuhe.« Anna zündet sich etwas umständlich eine Zigarette an. Der Wind bläst die Flamme immer wieder aus. »Sie war ein stiller Mensch. Nicht einsam, still. Ich habe sie in der Zeit, die wir in diesem Dorf gewohnt haben, mit niemandem länger als die üblichen Begrüßungsrituale ›Guten Tag‹ oder ›Wie war's denn heute?‹ reden gehört.«

Der Wind bläst wie losgelöst über die Nordseeinsel, drückt, pfeift, wirbelt. Das Gras beugt und scheitelt sich, das Wasser wippt und springt.

»Maestro blasen anscheinend zu einer Begrüßungsparty. Du hättest vor einer Woche kommen sollen, da war es traumhaft.« Katrin knöpft die Jacke zu.

»Anscheinend lande ich hier immer zum falschen Zeitpunkt. Im Februar sollte ich für ›Treffpunkt Nordsee‹ das Biikefeuer fotografieren. Auf der Überfahrt hatte ich ein Knopferlebnis. Knöpfe zu finden, war für mich schon als Kind etwas wie ein Wunder. Erstmal war das selten, und dann hat sich meine kindliche Fantasie darüber gefreut, daß irgendwo irgend etwas offen war und ich gewissermaßen den passenden Schlüssel dazu hatte. Zweiunddreißig Knöpfe, ich habe sie heute noch. Jedenfalls mein Knopferlebnis war: Eis auf dem Meer! Ein weißes Wattenmeer, live! Wie am Nordpol. Darüber eine pelzige Nebeldecke, wie eine Invasion schneeweißer Clowns, unter einem weißen Strahlenfächer, aus ganz weit oben. Über der Manege ein blankes Silberstück Sonne. Ein Traumknopf! Ich bin über eine Stunde unten auf dem Parkdeck gestanden, hab' um die Ecken geschielt, dachte, jeden Moment müßte ein Hundeschlitten mit rotgefrorenen Eskimogesichtern vorbeirauschen. Ich konnte es nicht glauben. Ich hatte noch nie zuvor Schnee auf einem Sandstrand gesehen. Es war mir so unvorstellbar wie eine Palme im Bergwerk. Dann rutschte ich aus dem Maul der Fähre in Frau Holles Federbett. Seit vier Jahren hatte es nicht mehr geschneit, und eine Woche vorher hatte die Wirtin am Telefon noch von der schönsten blauen Himmelsdecke geschwärmt ... Seit wann bist du hier?«

»Von kurzen Abstechern aufs Festland abgesehen, knapp fünf Monate, seit März. Den Schnee hab' ich leider nicht mehr mitgekriegt.«

»Und Eckes?«

»Eckes arbeitet durch, wie immer, und ich mache meine gewohnte Pause. Der Unterschied ist nur, daß es diesmal etwas länger geworden ist und daß ich hiergeblieben bin. Früher mußte ich zum Auftanken nach Berlin, meine ›Insel der Inspiration‹. Aber die

ist Atlantis nachgetaucht. Das neue Berlin mag ich nicht. Zuerst klang es wie Zukunftsmusik: *Wir* sind das Volk, und jetzt? Massenweise völkisches Trommeln auf Totenschädeln.«
Anna drückt die Zigarette in den Schnappdeckel des Aschenbechers. »Und warum bleibst du nicht in München?«
»Da trommeln sie auch. Wessis gegen Ossis und beide zusammen gegen Einwanderer. Ich hab's selbst gehört, wie sich zwei Wessi-Frauen lautstark über eine Ossi-Frau empört haben. Sie hätte sich nicht, ›wie es bei uns Sitte ist‹, in die Reihe gestellt, sondern sei direkt an die Kasse gegangen und hätte gesagt: ›Ich habe vierzig Jahre gewartet, jetzt warte ich nicht mehr.‹ Eine ›Unverschämtheit‹ sei das!«
Katrin massiert die Narbe auf dem rechten Handrücken, die seit dem Sturz immer noch schmerzt. »In Leipzig hörte ich, wie zwei Bühnenarbeiter über mich sagten: Westimperialismus. Und in Amsterdam sollte ich Wessi nun die Ossi-Wessi-Trommelzüge erklären. Das alles wird mir zuviel. Außerdem brauche ich Zeit für mich.«
Die zwei Frauen trinken, die Hände an den Schalen wärmend, die Gesichter gegen den Wind, zum Meer hin, die Schultern leicht hochgezogen. Hätten sie die gleiche Haarfarbe, man könnte sie von hinten für Zwillinge halten.

Kennengelernt und angefreundet haben sie sich vor kurzem auf einer Friedensveranstaltung in Frankfurt. Katrin hatte fünfzehn weiße Tauben aus einem kleinen Zylinder herausfliegen lassen. Anna fotografierte von der Zuschauerwiese aus sowohl die Aktionen auf der Bühne als auch das, was davor passierte. Noch während oben umgebaut wurde, war Katrin mit ihrem Zauberkoffer im Publikum und führte kleine Tischzaubereien mit alltäglichen Gegenständen vor. Sofort drängelte sich ein hüpfender Haufen Kinder um sie herum. Sie ließ sie weiße Kordeln zerschneiden und pustete sie wieder zusammen, zauberte aus einem Schaumstoffhasen und einer Schaumstoffeule eine sechsköpfige Hasenfamilie. Die Kinder waren wie angewurzelt vor Faszination. Anna schoß ein Foto, das sogar auf einigen Titelseiten erschien. Darunter stand: »Kriege einfach wegzaubern«. Am Abend nach der Veranstaltung sammelten sich die Künstler, Betreuer und Techniker im Cateringzelt. Katrin holte auf Wunsch noch einmal den Zauberkoffer aus der Garderobe und führte eine Schuhnummer vor. Sie forderte ihr Publikum auf, ihr Schuhe bis Größe 37 zu geben. Unter großem Gelächter gab Anna ihre schon ziemlich abgetragenen Halbschuhe. Katrin stellte sie auf den Koffer, deckte ein schwarzes Tuch darüber und schmunzelte ins Publikum: »Wer kann mir sagen, welche Augenfarbe ich habe?« Einige riefen braun, nee blau, quatsch grün! Sie pustete auf das Tuch, zog es mit einer schnellen Bewegung fort. Die Schuhe waren silber. Das Zelt wackelte vom Applaus. Mittendrin legte sie blitzflink das Tuch wieder über die Schuhe, pustete, und voilà, da standen wieder die abgetragenen Schuhe. Für Sekunden verrutschte Annas Blick lächelnd in ein Déjà-vue. »Bist du die Nord- oder die Ost-Hexe?«

Katrin gab strahlend die Schuhe zurück: »Natürlich die gute Nord-Hexe. Und du?«

»Die Kollegin aus dem Süden, auch gut, selbstmurmelnd.«

Sie setzten sich in die hinterste Ecke, an die Zeltwand, tuschelten wie zwei pubertierende Mädchen. Bis abgebaut wurde, unterhielten sie sich über die Geschichte des Waisenmädchens Dorothee, das ein gigantischer Wirbelsturm samt dem Haus, in dem sie lebt, aus der grauen, dürren Öde einer endlos fahlen Landschaft herausreißt und in ein buntes Land von herrlich verzauberter Schönheit entführt. Aber Dorothee will zurück. Das vermag nur der große, schreckliche Zauberer von Oz, der größte im Land der zwei guten und zwei schlechten Hexen. Zu seinem Reich in Richtung Sonnenaufgang führt ein schmaler, gelber Ziegelsteinweg, durch Berge und Täler voll schrecklicher Prüfungen. Schließlich erreicht sie ihn, aber der wie ein Gott Verehrte ist nur ein Mensch, ein kleiner, kahler, knittriger Mann ohne Zauberkräfte, nur ein Bauchredner und Ballonfahrer, ein Betrüger, listig und gerissen. Schlußendlich schafft sie es mit Hilfe der silbernen Schuhe, die sie seit ihrer Landung in der Wunderwelt trägt.

»Hast du hier schon mal italienische oder griechische Touristen gesehen?«
Katrin ist überrascht: »Wieso? Nein. Nein, ich glaube nicht.«
»Seit wann hast du das Haus?«
»Über zwanzig Jahre. Ich war mit 14 zur Erholung hier. Wegen meines Asthmas. Gleich nach der ersten Inselführung habe ich meine Mutter angerufen und gesagt, hier will ich leben.«
»Warum nicht auf Samos oder Kreta?«
»Der Wind hier. Ich fühlte mich frei. In Berlin – wir wohnten damals in Kreuzberg, Hinterhaus, 2. Stiege, schmales dunkles Treppenhaus, die Toiletten auf halber Treppe, und es stank immer nach Urin – in Berlin gab es keinen Wind.« Katrin zieht den Haarreif über die Stirn, drückt die Naturkrause aus dem Gesicht. Sie ist eine große, schlanke Frau mit aschblonden Haaren und auffallend langen, weichen Händen. Fast immer liegen sie locker aufeinander

oder ineinander, so, daß die Innenseite den Handrücken wärmt. Ihren Körper drillt sie täglich drei Stunden an der Ballettstange und im Schwimmbad. Ihre Bewegungen sind kontrolliert wie die eines Dressurpferdes im Turnier, ihre Haut glänzt. Seit 20 Jahren ist sie in zweiter Ehe mit einem Anwalt verheiratet. Sie haben keine Kinder.

»Wie geht es Nastja? Wann kommt sie zurück?«

»Wir haben abgemacht, daß sie die Hälfte der Ferien bei David bleibt.«

»Wie alt ist sie jetzt?«

»Sie wird bald acht.«

»Schon? Hast du ein Bild von ihr?«

»Nein, seit ich mit ihr reden kann, brauche ich keins mehr. Ich habe sie auch nie fotografieren können. Kein Auslöser der Welt ist schnell genug für ein Kinderlächeln. Dafür habe ich ein spezielles Archiv. Hier.« Mit einer großen Bewegung legt sie die Hände auf die Brust.

»Ihre ersten eigenen Schritte zum Beispiel. Auch ein Traumknopf. David und ich sollten für eine Ausstellung über Ödön von Horváth die anstehenden Premieren fotografieren, »Kasimir und Karoline« und »Glaube, Liebe, Hoffnung«. Kennst du ihn?«

»Nur die ›Italienische Nacht‹. Das ist schon Jahre her.«

»Ich finde ihn besser als Brecht. Es war ein maisgelber Septembertag. Auf einer Wiese neben dem

Bodensee hatte das Theater ein großes Zirkuszelt aufgebaut. Davor standen Tische und Bänke. Einige Schauspielerinnen hatten ihre Kinder mitgebracht, einige lernten Text, einige spielten mit einem kunterbunten, glänzenden Ball mit Sternchen. Nastja ging schon eine ganze Weile an meiner Hand, zog mich vom Ballwerfer zum Ballfänger, vom Werfer zum Fänger, und wieder zurück. Die Bäckchen glühten, das Herz pochte, ihre Hand war vor Aufregung naßgeschwitzt. Dann rollte der Ball auf die Wiese. Ein Blick auf den Fänger, warum hast du den Ball fallen lassen? Weitermachen! Wo ist der Ball? Der nächste auf den Ball, nicht weggehn! Weiterfliegen! Komm! Und plötzlich ging sie! Tapste einen Schritt vor den anderen, die kleinen Ärmchen ganz lang ausgestreckt, Ball komm! stupsten die nackten Füße ins Gras. Kurz vor dem Ball merkte sie selbst die wundersame Verwandlung. Du hast es spüren können, wie es in ihr explodierte, sprengte, wirbelte. Froh, ängstlich, mutig, zögernd, strahlend, alles auf einmal. Sie stoppte, drehte sich kurz zu mir um, wakkelte und fiel auf den Ball, da!, drückte ihn ganz fest an sich, setzte sich, glänzte rund, rosig, warm, weich und erleichtert. Ich habe gebetet, daß alle Bälle, auf die sie in ihrem Leben zulaufen wird, so bunt und glänzend sein mögen wie dieser.« Anna fühlt wie abwesend mit dem Handrücken die Wange.

»Es ist nichts«, sagt Katrin.

»Was ist nichts?«

»Es ist nichts zu sehen. Du hast keinen Bart.«

Anna kneift die Augen zu. »Dieser Kinderspruch ist wie Juckpulver. Bloß der Gedanke daran, und es fängt an zu jucken. Ich war sechzehn, da hat mich unser Klassencasanova auf einer Fete zu küssen versucht. Plötzlich zuckte er zurück und sagte: ›Eh, du hast ja ein' Bart!‹ Schock! Das Blut blieb mir im Hirn stecken. Ich starrte in das grinsende, bartlose Gesicht. Frau Mann fiel mir ein. Ich dachte, warum zerfällst du nicht einfach in einen Haufen Asche. Statt dessen schoß mir aus allen Poren gleichzeitig kalter Schweiß. Dann hörte ich noch: ›Eh, du bist ja ganz naß.‹ Wie ich in die Straßenbahn gekommen bin, weiß ich nicht mehr. Mir war übel vor Scham. Und mir wird immer noch übel, wenn ich daran denke.«

Die Frauen sehen sich an. Nach einer Weile steht Katrin auf. »Ich bringe deine Sachen ins Haus, sonst werden sie klamm.«

Anna gießt sich noch Kaffee in. »Vielleicht ist alles nur eine Frage der Entfernung«, denkt sie. »Das Meer wird zum Horizont hin allmählich unsichtbar, verschmilzt im Licht und glänzt an seiner tiefsten Stelle so harmlos wie ein abgewetzter Tanzboden.« Sie lehnt sich zurück, schließt die Augen. »Ich sitze

hier auf einer Insel, die auf der Weltkarte gerade mal so groß ist wie Fliegendreck. Aber hier liegen Steinbrocken herum, die kriegste nur mit dem Bagger weg. Ein Bomberpilot sieht nur eine eigroße Spielzeugstadt, aber hier gibt's Platz für dreitausend Bewohner und hunderttausend Sommergäste. Aus der Raumschiffperspektive liegt diese Insel wie ein Sandkorn vor einem hagelgroßen Festland, das von oben einem Monopoly-Spiel ähnelt. Aber darauf leben achtzig Millionen verschiedene Menschen.
Hier im Norden gibt es Namen, die man in den anderen Teilen nicht findet. Daggebüll, Niebüll, Klanxbüll. Möbelgeschäft Jansen, Kiosk Kristiansen, Änderungsschneiderei Dethlefsen. Hier teilt der Mond den Tag in vier Zeiten auf, zweimal Ebbe und zweimal Flut, woanders nur in Tag und Nacht.«

Der Wind drückt in die Ohren. »Verdammter Wind. Mir platzt noch das Trommelfell.« Sie bindet sich den Schal um den Kopf. Anna ist 38 Jahre alt, zierlich und schwarz gekleidet. Meist sitzt sie zusammengesackt, die Daumen in die Fäuste vergraben. Sie hat sich das dunkelbraune Haar nach der Scheidung streichholzkurz schneiden lassen. Das schmale Gesicht wirkt durchsichtig, die großen dunklen Augen scheinen immer zu beobachten. Sie dreht sich zum Haus.

Der Blick des Hauses unter dem heruntergezogenen Reetdach ist zurückhaltend, fest und unerschrocken in die roten Ziegeln eingemauert. Die kleinen Fenster rechts und links der oben abgerundeten Tür glänzen dunkel dem Meer entgegen, spiegeln die Wellen wider. Die türkisblauen Fensterläden knarren wie müde Lehnstühle. »Yes, Sir. Das Haus ist sicher«, denkt sie. »Sicherheit braucht Mauern. Mauern schützen und grenzen ab. Das Kaminfeuer für mich allein. Angst verbrennt. Asche kittet Risse.«

»Du hast Recht. Auch Japaner hab' ich hier noch keine gesehen.« Katrin bringt zwei Decken. »Was ist denn aus Frau Mann geworden?« Anna zieht die Beine zum Schneidersitz hoch, legt die Decke auf den Schoß.
»›Die Frau mit Bart, die keinen Mann hat‹, haben wir Ahnungslosen hinter ihrem Rücken gereimt. Es war ein dunkler Oberlippenbart. Eva Borns hatte das erfunden. Ein strohblondes Mädchen aus meiner Klasse, mit Stupsnase und Wippgang. Sie stank immer nach Gänseschmalz und Blutwurst.«
»Hatte Frau Mann Kinder?«
»Ich weiß es nicht. Eigentlich weiß ich gar nicht viel über sie. Sie war eine sinnliche, selbstbewußte Frau, die zwei Tage in der Woche einen Liebhaber hatte.

sie paßte nicht in das Dorf, das nach selbstgemachter Blutwurst stank.«

Katrin schiebt und dreht den schweren Strandkorb in Richtung Haus. Der Wind zischt um die breite Basthöhle. Die Stühle stehen wie zwei Schaufeln eines Mühlrads.

»Was machst du mit dem Namen?«

»Im Zeitalter der Glühbirne sabbert der Gesetzgeber noch bei Kerzendimmer. Erst die Tochter von . . ., dann die Frau von . . . Der Name des Stammhalters. Der kann den Stamm halten, soviel er will, aus mir wächst der Baum.«

»Hast du nicht einen Doppelnamen?«

»Ich wollte auch keinen Bindestrich. Mein Name gehört zu mir, wie meine Ohrläppchen.« Anna drückt die Ohrläppchen zurück: »Nur weil der Gesetzgeber sagt, im Bund der Ehe reichen die Ohrläppchen des Mannes auch für die Ohren der Frau, laß ich sie mir doch nicht amputieren. Ich habe meine eigenen Ohrläppchen. Mit denen habe ich reden, radfahren und küssen gelernt, mir mein Diplom beklatschen lassen. Der Bindestrich ist die größte Quotenverarschung.«

Katrin schweigt. Dann zitiert sie ein chinesisches Sprichwort: »Sieben Jahre braucht der Mann, um den Körper einer Frau kennenzulernen, sieben Jahre für den Geist, sieben Jahre für die Seele.«

»Und was ist, wenn sich nach 21 Jahren herausstellt, daß er es nicht geschafft hat? Da kommen eine Menge Streßhormone zusammen. Von denen kriegt man einen Ziegenbart.«

Anna hebt die Arme in den Wind, spreizt die Finger, schließt sie, formt eine Muschel, führt sie zum Ohr, öffnet sie ein wenig, dann mehr, wiederholt das ganze am anderen Ohr, bewegt den Mund wie ein Fisch, läßt den Wind durch die Zähne. Dann nimmt sie die leere Kaffeeschale, hält die Hand darauf, hebt sie wieder. Auch das wiederholt sie an beiden Ohren.

»Man nehme eine Handvoll Meeresrauschen, fortepiano, eine Handvoll Wind, fortissimo, mindestens fünf Handvoll Zeit, adagio, molte adagio, eine klitzekleine Prise Phantasie, und jeder Plattenspieler ist überflüssig. Kosmische Melodie. David und ich haben nie zusammen Musik gehört.«

»Du flatterst wie auf dem fliegenden Teppich. Dreh doch den Korb um.«

»Urlaub auf Friesisch, meinst du?« Anna steht auf, geht um die wuchtigen Sonnenliegen mit Scheuklappen und gewölbtem Dach. Durch den massiven Holzrahmen sind sie schwer und fast unverrückbar.

»Da sparen die Leute ein ganzes Jahr für den Urlaub am Meer, um dann wochenlang, weggedreht vom Meer, die Dünen anzustarren, im winddichten Freizeitdress. Nur saunagestählte Lederhäutige halten es länger als zehn Minuten im Wasser aus. Auf der Überfahrt erzählte mir eine Frau, sie käme schon seit acht Jahren mit ihrer Familie hierher, aus Nordrhein-Westfalen. Eine andere aus Hessen sogar seit zwölf Jahren, immer wieder in dieselbe Pension, in dasselbe Zimmer, in dasselbe Bett.« Sie klopft an die stabile Bastwand.

»Hereinspaziert in die Urlaubszelle! Für drei Wochen schützen wir sie vor Stempeluhr, Sonne, Wind und Nachbarn! Steigen Sie ein in das Zellenkarussel! Hereinspaziert! Wir drehen sie in jedes Land, garantiert in gepflegter Atmosphäre mit fließend Warmwasser und ihrem Lieblingsessen! Ja, meine Herrschaften, das ist Urlaub für Individualisten, das macht Spaß, das ist Freiheit. Schalten sie ab, meine Damen und Herren, mit unserem neuesten Hit: Urlaub im Gurkenglas mit Wandtapete ihrer ganz persönlichen Wahl! Das macht Freude! Das entspannt! Und sie sparen sich die unbequemen Flugstunden!«

Katrin schweigt, beobachtet Annas Unruhe, wie sie die Fersen in den Rasen bohrt, zwei Schritt vor und einen zurück.

Anna setzt sich auf die kleine Holzschaukel, die am Baum hängt. »Ich red' schon wieder zuviel«, denkt sie.

In den letzten Jahren hat sie mehr und mehr in sich selbst hineingeredet oder laut vor sich hin nachgedacht. Irgendwann waren die Gespräche mit ihrem Mann abgebrochen. Es hatte einfach aufgehört, irgendwann zwischen dem zweiten und dritten Geburtstag der Tochter, irgendwo zwischen Fernsehgucken und Frühstück. Aber gemerkt hatte sie es erst, als das Kind in den Kindergarten kam, als es auch nach dem Frühstück still blieb. Richtig bemerkt eigentlich auch nicht, mehr gespürt. Wie wenn Fußnägel anfangen zu stören, weil sie unsichtbar zu lang geworden sind.

Gegen die Mittagszeit belebte es sich etwas: Wer holt das Kind ab? Was gibt es zu essen? Dann wurde es für eine Stunde richtig lebendig an dem viel zu großen Eßtisch. Das Kind saß am Kopfende, Mutter und Vater an den Seiten. Beide schauten sie auf das Kind und auf ihre Teller. Die bunte, selbstgebastelte Luftschlange, das Strichmännchen ohne Hals und den viel zu langen Beinen oder das aus Blättern geklebte Haus lösten echte Freude in der Kleinfamilie aus. Immer häufiger verschwand der Vater gleich nach dem Mittagessen, um am Kamin oder an seiner Weinlaube zu basteln. Irgendwann hat sie das Geschirr zum Fenster hinausgeworfen. »Stell dich nicht so an, die paar Teller wegzuräumen!« hatte der Mann gesagt. Die Frau sah ihm nach, schloß die Küchentür zu und las dem Kind ein Märchen vor. Bald darauf konnte sie es nicht mehr ertragen, wie er die Suppe löffelte oder die Nudeln in sich hineinstopfte. Er entdeckte, daß ihm das Essen eigentlich nie besonders schmeckte. Sie setzte sich an das Kopfende, damit er aus ihrem Blickfeld verschwand. Aber damit war er auf Dauer nicht einverstanden. Warum denn immer sie den Mittelplatz direkt neben der Tochter besetzen würde? Eine Zeitlang kam er, noch bevor der Tisch gedeckt war, in die Küche, um sein Weinglas demonstrativ auf den Mittelplatz zu stellen. Sie stellte immer nur Wassergläser auf den Tisch. Sie mochte seine Trinkerei nicht. Es sei keine Trinkerei, hatte er zum tausendstenmal erwidert. Der gespritzte Wein oder das Gläschen Bier seien gegen den Durst. Und überhaupt hätte sie keine Ahnung von sinnlichen Gelüsten. Sie hatte mitleidig gelächelt. Keinen Streit jetzt, dachten beide. Dem Kind zuliebe blieb der Kampf um den Logenplatz in der Mitte unkommentiert.

Der Winter kam. Und wieder Neuigkeiten aus dem Kindergarten. Gemalte Kerzen, gebastelte Schneeflöckchen, Igel aus Kastanien und Zahnstochern, und dann die schöne Laterne aus einer Käseschachtel mit den bunten Fenstern. Es gab viel zu fragen und zuzuhören. Dann wurden Gold- und Silberpapier gekauft, um selbst zu Hause weiterzubasteln. Sterne, Engel, Goldketten und Tannenbäume. Es wurde früh dunkel. Das Kind schlief, die Eltern saßen vor dem Fernseher. Dann kam Weihnachten. Ein viel zu großer Tannenbaum mit den witzigsten Mickymaus-Kugeln, selbstgebackenen Keksen, viel Lametta und echten Kerzen. Und einem Riesenberg Geschenken für das angebetete Kind. Sie hatte ihm kurz vor Ladenschluß noch schnell eine neue Schneeschippe gekauft, er ihr eine Reisetasche. Sie halfen der vor Freude ganz rot angelaufenen Tochter, ihre selbstentworfenen, kunstvoll drapierten Verpackungen auseinanderzureißen. Das »Schau mal, wie schön die Englein die Geschenke verpackt haben«, bekam ein ungeduldiges, aufgeregtes »ja, ja« zur Antwort.

Die Zeit bis Ostern verging irgendwie. Mal saß wieder das Kind in der Mitte, mal stand das Weinglas, mal das Wasserglas vor dem Logenplatz. Und wieder gab es Aufregendes aus dem Kindergarten und wieder hektischen Übereifer in der Kleinfamilie. Weiße Eier mußten her. Im ganzen Dorf gab es nur braune, und die braunen nahmen die Naturfarben nicht so gut an. Man fuhr gemeinsam in die Stadt, um die weißen Eier für den Osterhasen zu holen.

Draußen blühte es. Die Tage wurden länger. Wenn das Kind schlief, war es noch hell, zum Fernsehen zu hell. Also gingen sie in den Garten. Er bastelte an seiner Weinlaube, sie starrte auf den gegenüberliegenden Berg. Darüber der Himmel in Safran gebadet. Direkt über dem Bergkamm tiefes Blutrot. Die Sonne ging unter. »Morgen wird es wieder schön«, sagte er. Er hatte bei den Bauern einige Naturregeln gelernt. Er wußte, was gut war für den Wein, wie er geschnitten und gebunden werden mußte, wann es regnete, oder sogar, wie die Luft riecht, wenn der Frost kommt.

Nach den Spätnachrichten ging er ins Bett, sie schaute bis Programmschluß. Als sie sich wie gewohnt mit ihrer Wärmflasche auf ihre linke Seite legte, streichelte er ihre Schulter, drückte sich näher an sie heran. Sie rückte leicht an die linke Bettkante ihrer linken Seite. Er schob sich ganz auf ihren Teil. »Du riechst nach Wein.« Die Worte rutschten ins Kissen. Sie biß sich auf die Lippe. Er rollte zurück auf seine Seite, drückte sein Bettzeug fest in den Rücken. »Deine Scheißausreden. Du bist doch keine Frau, keine normale jedenfalls.« Er murmelte noch einige Enttäuschungen ins Bettzeug. Sie schwieg und zählte die Monate. Das letzte Mal lag achtzehn Monate zurück.

Bald darauf nahm sie ihre Decke und ihr Kissen ins Gästezimmer. Das Kind kam morgens wie gewohnt und legte sich in die Mitte des Elternbettes. Als die linke Seite leer war, rannte sie zurück durch ihr Zimmer auf die andere Seite des Flures, zum neuen Bett der Mutter. »Aber Mama, so krieg' ich nie ein Geschwisterchen wie die Jenny. Aber ich will noch ein Geschwisterchen, bevor ich in die Schule komme, damit ich mit dem Baby spielen kann. Der Jakob hat auch ein Geschwisterchen gekriegt.« Die Mutter holte die Tochter unter die Decke, wickelte das verwirrte Kind in die Arme: »Bis dahin ist noch viel, viel Zeit, mein Engel.«

»Die Kinder kommen wegen der Luft.« Katrin geht zur Schaukel. »Sie ist hier an der Nordsee besonders jodhaltig. Die Stadtkinder sind ja wirklich arm dran. Die Lungenklinik am Leuchtturm ist gestopft voll. Teilweise können die Kinder erst hier richtig durchatmen.« Sie gibt Anna einen weichen Stoß. »Ich bin oft dort. Ab und zu lade ich einige hierher zu mir ein. Kaum sind sie im Garten, schwirren sie aus und sammeln Federn. Die Jungs stecken sie sich ins Haar und spielen ›Indianer‹, die Mädchen wollen Tüten haben, um sie mit nach Hause zu nehmen. Ich will noch eine Wippe aufstellen. Ich habe früher sehr gern gewippt. Du auch?«
»Nein, lieber geschaukelt. Das kommt dem Fliegen am nächsten.« Anna hilft mit den Beinen nach. »Ich hab' oft geträumt, ich könnte fliegen, es war ganz einfach. Ich lief Rollschuh, und plötzlich war ich in

der Luft, oder ich streckte die Arme aus, und ich war oben, ganz leicht, ohne Körper, der Wind streichelwarm, das Licht gold. Ich träume es heute noch. Dabei habe ich eigentlich Höhenangst und sitze schweißgebadet im Flugzeug.«

Katrin gibt Anna einen großen Schwung: »Versuch's, der Wind ist stark genug!«

Anna singt: »Kommt ein Vogel geflogen
setzt sich nieder auf meinen Fuß ...«

Katrin singt laut mit: »Lieber Vogel, flieg weiter,
nimm ein Gruß mit und ein' Kuß, ...«

»Ich geh' jetzt!« ruft es aus dem Haus. Die Frauen hören es nicht. »Ich geh' dann jetzt!« wird es lauter. Katrin dreht sich um: »Das ging ja schnell.«

Die Haushälterin steht mit ihrer Einkaufstasche in der dunklen Tür. »Das Gästezimmer ist auch fertig, den Eintopf hab' ich warmgestellt. Jetzt muß ich mich aber sputen, sonst krieg' ich geschimpft, wenn der Mann nichts auf dem Tisch stehen hat.«

Die kleine, dicke Frau schiebt den runden Zeigefinger vor dem Gesicht hin und her, lächelt. »Bis morgen dann. Soll ich was mitbringen?« Sie bindet sich das Kopftuch. Die Hände sind so prall, daß sie in den Grübchen der Knöchel Erdnüsse verstecken könnte. Frau Heise ist eine fleißige, saubere und sparsame Friesin. Sie hat ein viertel Jahrhundert als

Hausfrau ohne Pensionsanspruch gearbeitet. Für ihre drei Kinder, die alle auf dem Festland studieren, für ihren Mann – »mein viertes Kind« –, sagt sie mit einer winkenden Handbewegung, der vom Kartenverkäufer an der Anlegestelle bis zum Sachbearbeiter der Reederei aufgestiegen ist.
»Ein paar frische Brötchen vielleicht. Danke, Frau Heise.«
Frau Heise streckt den Arm gerade in die Höhe: »Tschüüüüs!«
Katrin verschwindet durch den Eingang. Das Haus wirkt wie eine Höhle unter den hochgewachsenen Bäumen. Der Garten ist überfüllt mit den verschiedensten Blumen in Schalen, Schubkarren und alten Gieskannen. Entlang der schmalen Wege, Rosen in Bögen gezogen, zwischendurch ein halbes Dutzend sitzende oder liegende Steinengel, die Wasser spukken. Ein 2,50 m hoher Jägerzaun mit Dornengebüsch beschützt den rechteckigen, abbezahlten Kindheitswunsch.

Anna geht an das Wasser, das an das Grundstück plätschert. Während sich die Wellen an der steilen Westküste meterhoch aufbäumen, laut krachend auf den Kniepstrand fallen, weiße Schaumfetzen quirlen und sich schnell ins Meer zurückziehen, wellt sich hier an der flachen Wattküste das Wasser weich und rund auf den Sand, rollt klar und leicht zurück. ›Jede Welle stirbt ihren eigenen Tod‹, denkt Anna. Sie schöpft mit den Händen das Meerwasser, riecht es, läßt es wieder herausrinnen, schöpft wieder, gibt es tropfenweise zurück.

»Sollte ich irgendwann auf diesen Planeten zurückschwimmen, dann bitte als Baum. Eine Birke zwischen Sonnenblumen oder ein Olivenbaum am Meer. Nur nicht wieder der Mischwald Mensch.«

Drei Jahre suchten die Wassergläser und das Weinglas wie Nomaden einen Stammplatz auf dem zwei mal ein Meter zwanzig großen Eßtisch. Mittlerweile hatte sie kein einziges Kleidungsstück mehr im gemeinsamen Zimmer. Das Kind mußte sich daran gewöhnen, die Eltern nacheinander zu begrüßen. Es entwickelte instinktiv eine gerechte Verteilung seiner Liebe. Mal die Mutter zuerst, mal den Vater. Mal saß sie mit dem Vater im Wohnzimmer und schaute die Sportschau, mal sah sie sich mit der Mutter in der Küche die aktuellen Musikcharts an. Mal ging sie mit ihm über den Berg, mal mit ihr. Auf den gemeinsamen Spaziergängen, die die Eltern hin und wieder dem Kind zuliebe vereinbarten, erfand sie Spiele: »Ich bin jetzt Prinzessin, und ihr seid mein Stuhl.« Dazu mußten sich Mutter und Vater die Hände geben und sie darauf tragen. Oder: »Wir machen einen Kreis um die Blume und singen ein Lied für sie.« Die Erwachsenen gaben sich die Hände. Das Kind beobachtete genau, wie sie sich anfaßten. »Ihr müßt euch richtig festhalten, so«, und preßte die Elternhände mit ihrer ganzen Kraft ineinander und lächelte. Am schönsten fand sie es, wenn ihr Vater und ihre Mutter gemeinsam Geschichten vorlasen, dann machte sie sich ganz schmal, und die Eltern mußten so nah wie möglich zusammenrücken. Sie sammelte Fotos aus den bereits auch getrennten Arbeitszimmern, fragte: »Wie viele Millimeter sind denn das?« Sie hatte die Eltern früher oft über ihre unterschiedlichen Aufnahmetechniken reden gehört.

Anna hatte gesagt, daß der Weitwinkel die Menschen verzerrt. David behauptete, gerade mit dem Weitwinkel sei er dem Geschehen am nächsten, kein Beobachter, sondern ein Teil des Geschehens selbst. Ihr Teleobjektiv wäre voyeuristisch.
Sie: »Das ist ein Respektabstand. Du bleibst immer Betrachter. Im Gegenteil, die physische Nähe erzeugt Distanz, denn das Objekt weiß, daß es Objekt ist und empfindet deine Nähe als Eindringen in seine Intimsphäre.«
Er: »Quatsch! Die räumliche Distanz verunsichert die Person, weil er nicht einschätzen kann, worauf

du dich konzentrierst, was du von ihm siehst oder von ihm willst.«

Sie: »Das Tele zeigt nur das, was da ist, wie das menschliche Auge, mit der Möglichkeit, die Tränen auf der Netzhaut zu spüren. Es schafft größtmögliche Nähe, ohne zu erdrücken.«

Es ging um das gemeinsame Projekt »Menschenlandschaften«. Inwieweit prägen Erziehung und Umgebung das menschliche Verhalten. Gesichter als Landschaften der Seele. Einig waren sie, daß die Bilder doppelt belichtet sein mußten. Das Gesicht verschmolzen in einem Lebensausschnitt. Der Blick der Bäuerin abends in den Spiegel, und die Bäuerin, dick angezogen auf dem Trecker, zwei Kinder an den Seiten, den Rosenkohl einfahrend. Ein entlassener Bergmann in der Reihe vor dem Zimmer 302 des Arbeitsamtes Dortmund, und dessen Gesichtsausdruck, wie er seine Wohnungstür aufschließt. Eine Gruppe Jungnazis vor dem Brunnen auf der Prager Straße in Dresden, mit ausgestreckten Armen, sturzbetrunken, verschwimmt im Blick eines Kahlgeschorenen, wie er vom Balkon eines Plattenbaus in die Tiefe spuckt. Die Ausstellung wurde ein großer Erfolg für beide, blieb gleichzeitig die letzte gemeinsame Arbeit.

Katrin öffnet das Küchenfenster. »Essen! Es gibt Eintopf!« Anna ist nicht zu sehen. »Anna, Essen!« Keine Antwort. Sie geht raus, zum Strandkorb, aber der ist leer, geht um das Haus, duckt sich durch die Rosenbögen, »Anna, wo bist du?« öffnet das Gartentor zum Anliegerweg, schließt es wieder, sucht hinter dem Haus. »Anna, das Essen ist fertig.«
»Ich hab' keinen Hunger.« Katrin geht der Stimme nach. Anna sitzt zusammengekauert auf der Erde, an einen Baumstamm gelehnt. »Wir hatten auch Birken im Garten, drei, direkt vor dem Gästezimmer. Sie werden 120 Jahre alt. Wie sterben eigentlich Bäume?«
»Ich glaube, sie fallen einfach um.«
»Risse in Rinden sind schön, Falten im Gesicht bloß Schienen fürs Abstellgleis.« Anna wühlt in der feuchten Erde, nimmt eine Handvoll, formt einen Kloß. »Kannst du dir vorstellen, daß Semmelknödel eine Delikatesse sein können? Hermine, die Dorfwirtin, hat die besten gemacht.« Sie schleudert den Kloß weit weg, wischt die Hand am Baumstamm ab. »Birken brauchen viel Licht. Bei Vollmond leuchtet der Stamm wie ein großes Glühwürmchen. Rosen hatte ich auch. Viele. Überall. Aus jedem Fenster konnte ich ein paar sehen. Rosenzüchter werden alt, sagt man. Jetzt habe ich nur eine kleine Terrasse.«

Sie war sehr unschlüssig in das große Haus an der jugoslawischen Grenze gezogen. Nach langen Diskussionen sah sie ein, daß es für das Kind, weitab jeglicher Industrie, nichts besseres gäbe, daß sie endlich Platz für ein eigenes Atelier und Labor hätte und daß überdies ein Eigenheim auch die optimale Altersversorgung wäre und bei der Größe sogar die Eltern jederzeit aufgenommen werden könnten. Außerdem gäbe es solche Häuser kaum noch, über zweihundert Jahre alt, Mauern bis zu einem Meter dick. Sie packten die Kartons voll, verabschiedeten sich von den Nachbarn und von den Freunden, die sie nicht mehr so oft sehen würden. Es war ein wunderschöner Sommertag, warm, hell, blau, und die 1000 km flirrten an dem Transporter vorbei. Die Raststätten wurden kleine Urlaubsziele, die verschiedenen Spielplätze inszenierten sie zu großen Abenteuern. Der Vater erzählte, daß im Osten, da wo das Haus steht, die Sonne aufgeht. Daß man durch Riesentunnels hindurchfahren müßte, um zu dem neuen Haus zu kommen. Es seien die längsten Tunnel durch die höchsten Berge in ganz Europa. Das Kind wußte zwar nichts von Europa, aber es ahnte, daß es etwas ganz Besonderes sein müßte, durch diese Tunnels hindurchzufahren. Der Vater erzählte nahezu ohne Unterbrechung, wollte keine Ablösung, wollte seine Familie ganz allein in das neue Heim chauffieren. Die Mutter sah im großen Außenspiegel, wie sich die ihr bekannten Landschaften entfernten. Das Kind wartete zwischen Plüschaffen und Schmusebären auf die Löcher im Bauch der Berge, weil sie einmal ein Maulwurf sein wollte. Mitten im ersten Tunnel fiel der kleine Kopf auf die weichen Stofftiere. Kurz vor Sonnenuntergang erreichten sie das kleine Dorf. Gelbe Häuser an beiden Seiten der Straße. Die Nationalfarbe des Landes. Schönbrunngelb. Die Frau dachte an ihr erstes, geschenktes Buch. Der Vater sprang vor Freude vom Sitz hoch: »Wir sind da!« Das Kind wurde wach. »Schau, Nastilein, da wächst Mais, das sind Sonnenblumen und dahinter große, dicke Kürbisse, daraus wird Öl gemacht. Schau, so viele Mohnblumen! Und ganz dahinten, siehst du die Berge? Da gehen wir im Winter skifahren!« Dann zeigte er seiner Frau auf der linken Seite der Dorfeinfahrt die gelbe Friedhofsmauer, drückte ihr aufgeregt den Arm und sagte: »Und da werden wir begraben sein.« Sie riß sich los, rutschte wie ein Blitz vom Sitz auf den Fußabtreter herunter. Er wußte, daß sie vor jedem Bestattungsunternehmen die Straßenseite wechselte, von der Autobahn fuhr, wenn sie einen Leichenwagen sah.

Anna zieht den Schal vom Kopf. »Bäume können hohl sein und kriegen trotzdem grüne Blätter. Ihnen

reicht die Haut, um satt zu werden. Zuletzt habe ich gar nicht mal gemerkt, daß wir nicht mehr miteinander reden. Er konzentrierte sich auf die Dorfbewohner und die Bauern. Ich habe angefangen zu malen, alles, was ich aus den Fenstern sehen konnte. Ausblicke mit Kreuz. Und manchmal bin ich mit Säge, Hammer und Nägeln im Garten herumgeschlichen, hab' aus dem, was ich fand, Skulpturen gebaut. Aus Baumstämmen, altem Blech und Metall, das seit Jahrzehnten im Keller lag. Die Nachbarn dachten, es seien moderne Gartenzwerge. Der Weinbauer wollte mir sogar welche abkaufen, für sein Gartenlokal. Und plötzlich merkte ich, ich habe Besuch bekommen. Hier.« Anna faßt mit beiden Händen um den Kopf. »Im Dachgeschoß. Hausbesetzer. Drei kreidige Gestalten. Eine stille, die ganz leise sprach, flüsterte: »Das Kind, Anna, denk an das Kind. Warte ab.« Die laute Stimme brüllte: »Abwarten? Was denn? Wenn dir der Arm abfällt, wächst er nicht mehr dran.« Die leise Stimme dachte nach, fragte nach Ursachen, die dritte, die stumme, zitterte vor Angst, drehte sich im Kreis. Wir hatten ständige Konferenzschaltungen, und irgendwann bin ich dazugezogen.«
»Bei mir steht noch eine dabei, die schreit dauernd.« Anna sieht Katrin an. Katrin setzt sich langsam an den Baumstamm, nimmt den Haarreif vom Kopf.

»Sieh mal, das ist der neueste Versuch, die Migräne unter Kontrolle zu kriegen. Eine echte Heilerin hat die Steine ausgependelt und besprochen und sie in die Innenseite gebunden. Den Reif trag' ich sogar nachts.«

»Hast du es mal mit zurückschreien probiert?«

»Ich kann es nicht. Überdies bringt es nichts.«

»Doch, es macht frei. Vielleicht nicht frei, aber es erleichtert ein bißchen, manchmal jedenfalls.«

Katrin schüttelt den Kopf. »Bei uns zu Hause wurde so viel geschrien, daß ich mir geschworen habe, gerade das nicht zu tun. Alle zwei Wochen war es wenigstens zum Frühstück ruhig, weil mein Vater gleich nach der Nachtschicht schlafen ging. Da schrie die Mutter leiser. Mein Bruder war der Trottel, weil er dauernd etwas vergaß, ich die lahme Ente, weil ich ihr zu langsam war. Allein beim Zöpfeflechten hat sie das dreißigmal gesagt und gezogen und gezerrt.«

Anna beobachtet, wie Katrin die Hände abwechselnd ineinander legt, abwesend die Handrücken streichelt. Bislang hatte Katrin ein einziges Mal über ihre Kindheit gesprochen. Im Cateringzelt hatte sie erzählt, daß sie nach der Pubertät die Kleidung, die ihr gefiel, vom selbstgesparten Geld kaufen mußte und die Mutter alles, was ihr nicht paßte, zerschnitten hatte: die Pullover waren zu eng, Hosen nur was für Jungs, und die Schuhe durften keinen Absatz haben. Sie hatte die Sachen heimlich wieder zusammengenäht und wieder angezogen. Als die Mutter dem eineinhalb Jahre älteren Bruder die Ärmel seiner neuen, schwarzen Lederjacke abgeschnitten hatte, zog er aus. Der Vater hatte sich zurückgehalten, er kannte seine Kinder kaum. Er arbeitete zehn Stunden am Tag und brachte das Geld. An den Wochenenden schlief er meistens oder trank einen »gemütlichen Schluck« und hörte laut Radio. Der »gemütliche Schluck« bestand aus einer halben Flasche Steinhäger und einem halben Dutzend »Bierchen«. Irgendwann rann ihm der Speichel aus den Mundwinkeln, und er brüllte: »Die Zigaretten sind naß!« Dann rief er seine Tochter. »Wo ist denn mein Trienchen!?« Das Mädchen kam sofort angelaufen. Sie wollte nicht, daß er in ihr Zimmer kam. Das kleine Teil hinter dem Vorhang gehörte nur ihr und den Schätzen, die sie von überallher zusammengesucht hatte. Alte Puppen, Eicheln, Blätter, Kastanien, Fahrradklingeln, Jo-Jos, bunte Glasperlen. »Was macht denn mein Trienchen?« – »Nichts«, antwortete sie leise. »Dann setz dich mal zum Papa und hör dir die schöne Musik an!« Er küßte und drückte seine Tochter auf eine Art, die Katrin nicht mochte.

Das waren die Wochenenden. Die Eltern schwiegen,

es sei denn, neue Kohlen mußten bestellt werden, oder sie stritten über die Stromrechnung. Der Vater war ein stummer Mensch, Schaffner bei der Bundesbahn, der über seine Vergangenheit im Krieg bis zu seinem Tod schwieg. Er war Fahrer bei der Reichsbahn gewesen, doch wen oder was er wohin gefahren hat, wußte nur die Mutter, und die schwieg auch. »Es war eine schlimme Zeit«, er hatte überlebt, mehr war nicht zu erfahren. Als der Bruder sich eine Spielzeugeisenbahn wünschte, weil er unbedingt Lokomotivführer werden wollte, hatte der Vater ihn windelweich geprügelt. Er hat nie abgewaschen, den Boden gewischt oder die Asche weggetragen. Die Kohlen trug er hoch, aber den Ofen faßte er nicht an. Die Mutter dagegen hatte öfter über ihre Jugend gesprochen. Sie war die älteste Tochter des Blockwarts. Sie ging für die Bewohner einkaufen, hielt die Stiegen und den Innenhof sauber, wußte, wer ein- und ausging. So lernte sie ihren Mann kennen, der im Block gegenüber wohnte. Sie heirateten und zogen in die möblierte Wohnung der Kriegswitwe im zweiten Stock. Deren Mann war beim Einmarsch in Polen erschossen worden, und sie wollte mit ihren Kindern zu Verwandten in den Schwarzwald. Die Mutter packte ihre Aussteuer in einen Karton und trug sie ein paar Stufen höher. Ende 42 wurde der Sohn geboren, und im Juli 44 die Tochter. Der Mann kam immer seltener nach Hause, die Frau saß immer öfter mit den beiden Kleinkindern im Luftschutzbunker. Wie durch ein Wunder blieb das Haus stehen, und die Blockwartstochter wurde Hausmeisterin und blieb im zweiten Stock.

Katrin drückt den Reif fest in die Haare. »Du mußt doch todmüde sein. Komm, laß uns etwas essen.«
»Ich wache gerade auf, aber die Augen sind wie zugenäht. Ich träume, die Hausbesetzer sprengen das Dachgeschoß, der Kopf fällt mir ab, und ich weiß gar nicht wohin. Plötzlich stecken beide Füße in einem Schuh.« Anna steht auf.
Ein dicker, heißer Sonnenstrahl zwängt sich durch ein Wolkenloch. Für einen Moment wärmt es die Haut. Das Meer wird blau. Rechts ist die Fortsetzung der Bucht zu sehen. Auf der Deichkuppe, dem schmalen Weg entlang, Spaziergänger, mit aufgeblähten Windjacken, mehrere kleine Gruppen, die dicht hintereinander auf unterschiedlich großen Rädern strampeln, flattern wie Wäschestücke auf der Leine. Vorneweg ein Vater mit einem Kind im gelben Schalensitz vor seiner Brust, dahinter das größere Kind, das selbst fahren kann. Den Abschluß radelt die Mutter mit einem Eßkorb auf dem Gepäckträger. Dahinter wieder ein Vater mit Kind im Schalensitz, gefolgt von zwei größeren Kindern auf

kleineren Fahrrädern, die Mutter im Rücken, mit einer großen Tasche hinter dem Sattel. Knapp daran eine andere Frau, die den Reiseproviant im Korb vor dem Lenkrad verstaut hat und ihrem Mann den einfahrenden Dampfer auf dem Meer zeigt. Der versucht den Anschluß nicht zu verpassen. An seinem Hinterrad hängt ein Bollerwagen mit zwei kleinen Kindern. Ein paar Meter später ein jüngeres Paar auf einem Tandem.

»Wie dick sind die Mauern?«
Katrin stutzt. »Vom Haus? Ich weiß es nicht. Normal glaube ich. Warum?«
»Nur so.«
Die Sonne prallt aus den sorgfältig gestrichenen weißen Fugen der Steinmauer, spiegelt sich im türkisfarbenen Lack der Fensterläden. Der Innenraum wirkt noch dunkler.
Anna bleibt im Türrahmen stehen. »Können wir draußen bleiben? Ich dreh' den Korb auch um!«
Katrin geht hinein. Anna starrt bewegungslos auf die vorbeiradelnde Familienkarawane. Sie bindet sich den Schal wieder um den Kopf. »Ein Pilgerzug in der Einbahnstraße. Auf den Rücken Filme aus Dachkammern. Einmal um die Insel, und zurück in die Karawanserei. Duschen, kleine friesische Spezialitäten, drei, vier »Bierchen« an der Bar, früh ins

Doppelbett. Warten bis die Kinder eingeschlafen sind, und dann leise, ganz leise, Vorsicht, das Bett quietscht, langsam auf, ab, auf, ab, noch ein paarmal, zucken, stöhnen, und jeder dreht sich auf seine Seite. Im Frühstücksraum tiefe Blicke, weiche Münder. Der Urlaub tut gut. Heute die Runde einmal andersrum.«

»Was sagst du?« Katrin schiebt einen Servierwagen mit dampfendem Topf, Geschirr, Gläsern, Besteck und Brot durch den Garten zu den Strandkörben.

»Ach, nichts.« Anna pocht sich mit dem Zeigefinger an die Stirn und grinst, dreht den Strandkorb um. Die Frauen essen.

»Die gute Frau Heise. Bei mir tobt sie sich immer aus. ›Der Mann darf ja nicht mehr. Wegen dem Magen. Der braucht Diät‹, jammert sie. Die deftige Hausmannskost krieg' jetzt ich. Die Kinder kommen selten zu Besuch. Sie wird nicht mehr gebraucht, sagt sie.«

Anna nimmt eine zweite Kelle voll: »Es ist wirklich hervorragend.«

»Wenn sie das gehört hätte, stünde sie jetzt mit dem Topf neben dir, bis du platzt. Am Anfang war sie noch sehr mißtrauisch, hat immer nach versteckten Tauben und Hasen gesucht. ›Und die Frau ohne Unterleib, können Sie das auch? Wie geht das mit den Rasierklingen? Können Sie wirklich Gedanken

lesen‹?« Katrin lacht, nimmt sich noch einen kleinen Nachschlag.
»Sie hat mich angesehen wie eine Mischung aus Marsmensch und Yeti, man liest davon, aber sieht sie nie. Stand kopfschüttelnd vor den Bildern: ›Nee, nee, eine Zauberin, so was gibt's?‹ Wischte gleich den Staub von den Rahmen, ›nee, nee, sowas gibt's‹.«

Katrin hatte nach der kurzen Ehe mit dem ersten Mann zuerst in der Tischlerei ihres Bruders gearbeitet, dann in einem Fahrradgeschäft und später in einem Elektrowarenhandel. Sie war neugierig auf alles, was sie mit ihren Händen herstellen konnte, aber es sollte fantastischer sein. Nach einem halben Jahr kündigte sie wieder und begann Marionetten, Handpuppen und aufziehbare Fabelwesen zu entwerfen. Mit zwei Koffern zog sie durch ganz Deutschland und Holland und verkaufte die Unikate auf Flohmärkten. Im Sommer 69 lernte sie in München einige Straßenkünstler kennen, die regelmäßig im englischen Garten trainierten. Akrobaten, Feuerschlucker, Jongleure und Zauberer. Die Tricks des Magiers, die Geschicklichkeit seiner Hände, die überraschenden Effekte, die Fähigkeit, eine einzige Kartennummer ein Dutzend Mal verschieden zu präsentieren, führten sie zu dem Fantastischen, das sie suchte. Monatelang sammelte sie Material, das für

Frauenhände geeignet war. Es gab kaum aktive Zauberinnen. In der Regel waren die Frauen Assistentinnen. Sie entwickelte eigene Tricks, perfektionierte sie, meldete sich im Magischen Zirkel an. Sie beschaffte sich Karten aus Österreich, Kugeln aus Frankreich, Stäbe aus Amerika. Sie konzentrierte sich auf die Mikromagie, auf die kleine Illusion am Tisch. Bühnenmagie war zu aufwendig und unflexibel. Sie wurde die erste Kinderzauberin, die mit alltäglichen Gegenständen arbeitete. Der Faden einer Garnrolle wird zerschnitten und wieder zusammengesetzt. Mit Wasser gefüllte Joghurtbecher verschwinden in einer Zeitung, aus drei Strohhalmen pustet sie sechs, zwölf oder mehr. Mit Kugel-, Karten- und Zigarettentricks trat sie später auch in Nachtclubs und Varietés auf.

»Wie hat es Nasti verkraftet? Sie hängt doch so sehr an ihrem Vater.«

»Das ist meine größte Angst, daß sie mich einmal anspuckt, ›du hast mir meinen Vater weggenommen‹. Aber ich mußte es tun. Sie war nicht mehr sie selbst, weil sie ständig versucht hat, uns irgendwie wieder zusammenzukriegen.«

»Als mein Vater gestorben ist, war ich fast erleichtert. Nicht weil ich seinen Tod wollte, das nie. Es gab endlich keinen Streit mehr. Es war endlich ruhig. Ich habe nie gespürt, daß sie sich lieben und hatte immer Angst, daß sie mich auch nicht lieben können.«

»Ich glaube, es ist nicht einmal der Streit, der sie so orientierungslos gemacht hat. Sie hat gespürt, daß wir keinen Respekt mehr voreinander hatten. Die Menschen, die für sie das Kostbarste sind, hatten die Achtung voreinander verloren.«

Das Kind war immer häufiger krank geworden. Der Hals schwoll, sie bekam Fieber. Im letzten Jahr vor der Trennung lag sie sechsmal hintereinander mit schwerer Angina und hohem Fieber wochenlang im Bett. Die Mutter warf dem Vater vor, er habe sie zu dünn angezogen, der Vater der Mutter, sie ziehe die Tochter entschieden zu dick an. Sie, er achte nicht auf die Ernährung, er, sie stopfe das Kind immer zu voll. Gemeinsam saßen sie an ihrem Bett, versuchten alle möglichen Naturheilmethoden, um die schweren Medikamente zu umgehen, bis sich das Kind den Zwiebelumschlägen, den Salbeitees und den Propolistropfen endgültig verweigerte. Auch die frisch gepreßten Gemüse- und Obstsäfte ließ sie stehen. Es verschlimmerte sich für kurze Zeit, als die Eltern die baldige Trennung ausgesprochen hatten. Sie wurde still, saß lange in den Armen der Mutter, drückte sich ganz klein in den Schoß. »Mama, liebst du mich?« – »Ja, mein Engel, auf immer und ewig.« Den Vater verfolgte sie auf Schritt und Tritt, küßte und streichelte ihn immerfort. »Papa, liebst du mich?« – »Ja, mein Schatz, bis zu den Sternen, und dahinter und wieder zurück.« Aber sie wurde nicht mehr krank. Sie fragte, ob sie wieder durch die Riesentunnels fahren müßten. »Wir werden über die Wolken zurückfliegen«, antwortete die Mutter. Auf der Fahrt zum Flughafen bat sie den Vater ihres Kindes, einen Umweg über das nächste Dorf zu fahren, vorbei an Mais- und Kürbisfeldern, die für die Saat umgegraben wurden, vorbei an Bauernhöfen, deren grüner oder blauer Anstrich abblätterte, vorbei an kleinen Madonnenstatuen am Straßenrand, vorbei an dem letzten Gasthof in Schönbrunngelb. Die gelbe Friedhofsmauer wollte sie nicht mehr sehen. Das Kind ordnete die Abschiedsgeschenke und Adressen ihrer Freundinnen in ihren Rucksack, weinte leise vor sich hin: »Tschüs Jenny, tschüs Jakob, tschüs Maria, tschüs Barbara, tschüs Seppl, tschüs Waltraut.«

Katrin stapelt die Teller aufeinander. »Bleib sitzen, das ist schnell gemacht. Ich muß für eine Stunde weg, zur Heilpraktikerin. Sie meint, ich brauche einen ›Schal um die Seele‹ zur Stabilisierung des Nervensystems. Vier Spritzen habe ich schon gekriegt, nach der zehnten sehen wir weiter, hat sie gesagt.

Und dazu jedesmal noch eine halbe Stunde Reiki.«
»Was ist denn das?«
»Kosmische Energie. Sie legt mir die Hände auf.«
»Wohin? Und das funktioniert?«
»Auf die Chakren und auf die verhärteten Stellen. Da wird es richtig heiß.«
»Wie heiß?«
»Richtig heiß. Es kribbelt.«
»Was kribbelt?«
»Die verhärteten Stellen. Weil die Energie wieder durchfließt.«
»Wessen Energie?«
»Die kosmische Energie. Erst durch sie, dann in mich.«
»Und dann?«
»Dann wird's heiß, kribbelt und ich fühl' mich entspannt. Du glaubst es nicht, aber es hilft.«
»Und was machst du dabei?«
»Ich liege.«
»Kann sie auch gipsen?«
»Wie gipsen?«
»Ein Schal reicht bei mir nicht. Ich hab' das Gefühl, ich bin ein Scherbenhaufen und schneide mich dauernd an mir selber.«
»Ich werde sie fragen.« Katrin schiebt den Servierwagen durch die Tür. »Also bis gleich, fühl dich wie zu Hause!«

»Hast du noch ein Fahrrad?«
»Mehrere. Sie stehen am Tor. Tschüs.«

Anna dreht den Strandkorb wieder in den Wind, atmet tief durch. Die nachziehenden Wolken sind aufgerückt, haben den dicken Sonnenstrahl weggedrückt. Das Wasser glänzt dampfig grau. Anna rollt eine Serviette zu einem Fernrohr, hält sie an das rechte Auge. »Das Abbild weißer Wolken ist graues Wasser. Aus Raum wird Fläche, aus Gefühl eine Schablone. Das Abbild der Wirklichkeit ist eine neue Wirklichkeit. Projektion. Ich denke, daß du denkst, daß ich denke ...« Sie dreht die schmale Optik. Von rechts, hinter der Deichkuppe, schleicht eine Fähre langsam von der Insel weg, auf die linke Seite des Horizonts zu. Die Familienkette füllt sich wie von selbst nach. Kaum sind die Vordersten verschwunden, radeln von hinten neue in das Bild. Die letzte, mit flatternder, roter Windjacke, winkt Anna zu. Es ist Katrin. Anna springt auf, rudert mit beiden Armen den Gruß zurück, bis sie aus dem Blick herausfällt. Eine grünblaue Jacke, auf einem großen Rad, eine gelbrote auf kleinem Rad, eine lilarosa auf kleinem Rad, eine weißblaue auf großem Rad, eine rote Jacke auf einem großen Rad.
An der gleichen Stelle war im Februar eines der fünf großen Biikefeuer angezündet worden. Eine alte

Tradition aus der heidnischen Vergangenheit. Am 21. Februar wurden die Walfänger mit tiefen Zweimastern von den kleinen Inseln eingesammelt und nach Amsterdam oder Rotterdam verschifft. Von dort aus begann die lange Reise nach Grönland.
Für die Feuer waren die Konfirmanden zuständig. Sie sammelten altes Holz, vertrocknete Weihnachtsbäume und Strauchwerk, stapelten es zu großen Bergen auf und zündeten es an. Mit friesischen Liedern, Gedichten und Gebeten verabschiedeten sich die Kinder von ihren Vätern. Die standen mit den Müttern bei einem Richter, der unmittelbar vor der Abreise den Nachlaß regeln mußte. Ein Drittel der Männer kam nicht mehr zurück. Das Feuer sollte die Winterriesen vertreiben und die Angst. Die Frauen blieben mit den Kindern im Arm zurück. Der Wind, das Feuer und die Kälte trockneten die Tränen. In einem halben Jahr, bevor die Herbststürme die Meere umgraben werden, würden sie mit der Heuer und der Fangprämie wiederkommen. Geld für das nächste halbe Jahr Leben. Hoffentlich.

Ein Rentner war entsetzt gewesen. Von den elf Kindern, die diesmal das traditionell friesische Brauchtum vortragen sollten, konnten nur noch zwei friesisch sprechen. Die Kultur wird überhaupt nicht mehr gepflegt, klagte er. Die Jugendlichen verlassen auf Nimmerwiedersehen die Insel. Er hingegen hätte nie aufgehört, Friesisch zu sprechen. Seiner Frau, einer Schlesierin, die er während ihres Pflichtjahres auf der Insel kennengelernt und später geheiratet hatte, hätte er es auf Biegen und Brechen beigebracht. Obwohl die Nazis das Schreiben und Sprechen der friesischen Sprache verboten hatten, seine Heimat hätte ihm niemand nehmen können. Selbst die vier Jahrzehnte in Gelsenkirchen hatten in ihm den Wunsch nur verstärkt, wieder auf seine friesische Heimat zurückzuschiffen. Er mußte weg damals, es gab ja nichts auf der Insel, keinen Knopf und keinen Faden. Wenn man überleben wollte, mußte man seine Heimat verlassen. Achtzig Insulaner seien damals nach Gelsenkirchen in den Bergbau gegangen. Sechzig davon seien bald darauf nach Amerika ausgewandert. Was die sich aber am Ende der sechziger Jahre erlaubt hätten, wäre eine Schande gewesen. In Amerika hätten sie in Kohlenkästen geschlafen und sich mit der Zeitung zugedeckt, aber hier den dicken Mann markiert. Hätten sich in Hamburg die größten Ami-Schlitten geliehen und die halbe Insel aufgekauft. Nee, nee, das wäre nicht in Ordnung gewesen. Anna hatte gefragt, wie man sich vom sicheren Festland auf eine Insel wünschen könnte. Das Festland geht nie unter, aber es sind schon viele Inseln ins Aquarium abgetaucht. Sie könnte weder auf einer

Insel noch auf einem Berg für immer bleiben. Das sind Seelenplätze. Nicht gedacht für Hotels und Boutiquen. Dauergäste spülen sie irgendwann wieder weg oder schütten sie mit Geröll zu.

Während der ganzen Zeit hatte der stellvertretende Hauptmann der dreiköpfigen Feuerwehr, einen Punsch nach dem anderen schlürfend, zugehört. Dann sprudelte es aus ihm heraus. »Also, das mit der Heimat ist so eine Sache, Herbert. Die schweren Zeiten hast Du ja nicht mitgekriegt. Soll kein Vorwurf sein. Ich lebe seit dreißig Jahren hier. So was wie mich nennt man Rucksackfriese. Ich bin ja nicht von hier. Ich komm' vom Harz. Eigentlich von der anderen Seite, aus Thüringen. Mein Vater ist im Krieg gefallen, und da hat mein Opa zu meiner Mutter gesagt: »Geh weg, bevor die Russen kommen.« Am Anfang war es schwer für mich. Die Friesen sind ja ganz anders als wir. Die kennen kein ›Sie‹, die sagen alle ›Du‹. Daran mußte ich mich erst einmal gewöhnen. Ist leicht, von Heimat zu reden, wenn's da was gibt, was dir gehört, wenn's auch nur das ›Du‹ ist. Verstehste, Herbert, du hast ja hier sogar das große Haus von deinen Eltern. Soll kein Vorwurf sein, Herbert. Du warst ja nie wie die aus Amerika, kann ich ganz ehrlich sagen, aber die anderen aus Gelsenkirchen waren auch so. Frag meine Frau, die ist von hier, eine echte Friesin. Ich wollte nie nach Amerika. Ich wohn' zwar immer noch zur Untermiete, aber ich habe drei gesunde Kinder. Ich bin Hausmeister in der Kinderklinik. Die meisten kranken Kinder kommen aus dem Ruhrpott. Schlimm, sag' ich dir. Ich könnte was erzählen, schwere Jahre waren das. Jetzt sind unsere beiden ersten auch auf dem Festland. Ich bleibe aber hier. Wir bleiben hier, nicht, Mama?« und umarmte seine Frau.

Das Feuer brannte langsam an diesem Abend. Durch den Schnee war das Holz zu feucht geworden. Glühende Funkenfetzen zerplatzten in der frostigen Nacht zu einem Feuerwerk. Die Insulaner freuten sich, die Moonboots noch nicht eingemottet zu haben. Sie schmierten sich gegenseitig Ruß ins Gesicht, amüsierten sich über den friesischen Karneval. Anna schabte den Schnee unter den Füßen, wühlte ungläubig in dem Sand. Die Luft war klar und bissig kalt, das Wasser, in Stücke gebrochen, trieb mit kleinen glitzernden Schneehäufchen in den schwarzen Horizont. Der alte Rentner erzählte noch, daß er das Haus seines Vaters für hundertfünfzigtausend Mark habe umbauen lassen und seine Eigentumswohnung in Gelsenkirchen für fünf Jahre an einen anständigen Polizisten vermietet. Seine Frau habe noch manchmal Heimweh dahin. Er hätte ihr gesagt, sie könne jederzeit zurückgehen, er bleibe.

Der stellvertretende Feuerwehrhauptmann war zufrieden mit dem Feuer und dem milden Wind. Der Berg würde bis zum Morgen abgebrannt sein. Ab und zu drückte er seine Frau. »Nicht wahr, Mama, unseren Jüngsten haben wir ja noch.« Seine Frau, klein und zäh, mit traurigen, blauen Augen, drehte sich aus seiner Umklammerung, stellte sich zu den Rußverschmierten. Über den Köpfen wirbelte das Ballett immer wieder hochfliegender, glühender Funkentaler.

Ein ruhiger Abend auf einer ruhigen Insel, ohne Müllberg und Schrottplatz. Die Schilder auf den Parkplätzen erlauben eine maximale Parkdauer von einer Stunde. Schilder an den Dünen verbieten, die gebauten Holzwege zu verlassen. Der letzte Mord liegt über zehn Jahre zurück. Ein Mann hatte seine Frau erschlagen, die zu ihrem Liebhaber auf der gegenüberliegenden Insel ziehen wollte. Seit Kriegsende wurden acht Vergewaltigungen angezeigt und vier Kindesmißhandlungen. Vor zwei Jahren gab es einen Raubversuch bei der Kreissparkasse am Anleger. Jens, der siebzehnjährige Sohn des Ponyhofes, brauchte Geld, um auf das Festland zu verschwinden.

Anna zieht sich Schuhe und Strümpfe aus, krempelt die Hose hoch, schlittert ins kalte Wasser. »Kein

Foto ohne Licht. Kein Leben ohne Wasser, nicht wahr, liebste Lotti?«

Im Gezeitensimulator, der einzigen Sehenswürdigkeit des Informationszentrums der Insel, hatte Anna die haselnußgroße Wasserschnecke entdeckt. Littorina littorea lebt im Watt. Der Zivildienstleistende erklärte ihr, daß sie sich bei Ebbe einzieht und den Horndeckel schließt. Erst wenn das zurückflutende Wasser am Schneckenhaus rüttelt, öffnet sie sich wieder und wird aktiv.

Anna setzt einen Fuß vor den anderen auf dem schmalen matschigen Streifen vor dem Rasen, drückt den Schlamm durch die Zehen, zieht eine Spur hinter sich her.

»Stell dir vor, Lotti, wir sollen aus einem warmen Tümpel herausgekrochen sein. In China sagen sie sogar, wären wir aus der Scheiße des Naturgottes P' an Ku geformt worden, und die Ägypter behaupten, aus dem Schlamm des Nils. Ich meine, es wird höchste Zeit, daß jemand eine appetitliche Menschwerdung erfindet.« Sie hockt sich hin, drückt die Hände in den Erdbrei. »Meine Hand, mein Fuß, mein Abdruck. Kein Zweifel, Lotti, mich gibt es wirklich!«

Kurz vor der Pubertät, die Zähne waren noch nicht vollzählig nachgewachsen, begannen Veränderungen an ihr, die das damals elfjährige Mädchen tief verunsicherten. Immerzu stand sie vor dem Spiegel, zweifelnd, tastete die Beulen auf der Brust, probierte neue Frisuren. Wenn die Mutter dies beobachtete, spottete sie: »Was gibt's denn da zu sehen?« Stellte sich neben sie, leckte die vollen Lippen: »So schön wie deine Mutter werdet ihr nie. Deine Mutter war das schönste Mädchen in der ganzen Umgebung.« Die jüngere Schwester kommentierte, etwas abseits stehend: »Die Anna spinnt, und im Bad schließt sie sich immer ein. Ich sag's dem Papa.« Der Vater wollte Ruhe. Er war müde. Die Erziehung und Aufklärung der Töchter überließ er der Mutter, die zwei Stunden früher als er von der Arbeit nach Hause kam. Sie öffnete mit den Worten: »Na, wart ihr brav?« die Tür, ging ins Schlafzimmer, zog sich um und verschwand in der Küche, räumte den Abwasch des Tages weg, bereitete das Essen für den Abend und den nächsten Tag vor. Dann sammelte sie die getragenen Kleidungsstücke zusammen, stopfte sie in die Waschmaschine, holte die trockene Wäsche vom Keller hoch, stapelte sie für das Wochenendbügeln. Zwischendurch fragte sie, ob die Kinder Hunger hätten, und holte den Staubsauger aus der Abstellkammer. Regelmäßig, wenn sie gerade im Wohnzimmer saugte, überhörte sie den Schlüssel in der Tür, und regelmäßig stand der Mann vorwurfsvoll mit säuerlich verzogenem Gesicht da und fragte, ob sie das hätte nicht früher erledigen können, und regelmäßig schnaubte sie vor Wut: »Aber sauber soll es sein! Und essen will der Pascha auch! Mir rinnt der Schweiß vom Rücken!« Der Vater zog den Stecker heraus und zog sich um.

Nach dem Essen räumte die Mutter das Geschirr weg und verschwand wieder in der Küche. Für Gespräche mit der Tochter blieb ihr keine Kraft. Der Vater setzte sich vor den Fernseher, zuerst die Nachrichten, dann am liebsten einen Western, starke Männer im Niemandsland, einsam, unabhängig und pflichtbewußt, duellieren sich für Gerechtigkeit. Die jüngere Tochter schlich vor den Türen hin und her, an der dritten trommelte sie mit den kleinen Fäusten: »Anna hat schon wieder abgeschlossen!«
Sie hatte sich in ihrem Zimmer verkrochen, die Schranktür mit dem langen, schmalen Spiegel weit geöffnet. An die Fersen band sie zwei Holzklötze der Schwester, das Kleid wurde mit einer Wäscheklammer am Rücken eng zusammengezogen, die Lippen geleckt, den Rücken kerzengerade, die kleinen Beulen nach vorne. Den Klammerbeutel als Handtasche vor sich herwedelnd, stöckelte sie, das schönste Mädchen der ganzen Stadt, im Zimmer auf und ab, grüßte all die berühmten Leute, die sie kannte. Mal traf sie sich mit einer Schauspielerin, die

sie verehrte, mal mit einem Sänger, in den sie sich verliebt hatte. Plakate durfte sie nicht aufhängen, die Platten nicht kaufen. Also inszenierte sie ihre Freundschaften und lud die Gäste in ihre Tagträume ein. So flanierte sie, die Haare hochgesteckt, die Lippen in Karminrot aus dem Tuschkasten, mit ihrem ›Verliebten‹, wie sie den Star nannte, auf dem Champs-Élysées in Paris. Sie sagte, sie sei nicht sie, sie sei jemand ganz Besonderes. Diese ›Besondere‹ änderte die Frisur und ging mit der berühmten, blonden Schauspielerin in das beste Restaurant, das sie kannte, in Handkes Hähnchengrill, zwei Straßen weiter. Dort stellte sie sie den Leuten als ihre berühmte große Schwester vor, die gerade zu Besuch wäre. Daß die schöne Schauspielerin schon tot war, spielte keine Rolle. In Träumen lebt keiner wirklich, ist aber lebendiger als die, die wirklich leben. Allmählich verschwand das Mädchen, an dem es nichts zu sehen gab, hinter ihrem Bildnis, der ›Besonderen‹, dem Mittelpunkt der Spiegelungen.

Anna spült sich den Matsch am Engelbrunnen ab und geht ins Haus. Der Raum ist zu dunkel, sie schaltet das Licht ein. »Ich will ein Dach aus Glas«, sagt sie. Die Wände sind über und über mit Fotos behängt. Katrin mit Zylinder und Smoking und Zauberstab, Katrin mit roter Federboa und bunten

Kugeln zwischen den Fingern, Katrin auf einem Kongreß in Enschede bei einer Vorführung, Katrin im lila Paillettenkleid bei einer Gala, mit weißen Tauben, Katrin mit Clownskostüm zwischen Kindern, ein Ei im Mund. Dazwischen in silbernen Rahmen, auf weißem Papier, Verstöße und Grundregeln. Verstöße, rot unterstrichen, darunter Geheimnisverrat, Schweigegebot, Ausbildung von Mitgliedern außerhalb des Magischen Zirkels. Die Grundregeln: üben, üben, üben, keine Tricks erklären, keine Kunststücke wiederholen, originell und korrekt sein in jeder Weise. Über dem Kamin ein übergroßes Photo in goldenem Rahmen. Katrin, die Siegerin, in einem dunkelblauen Samtanzug mit weißem Hemd und blauer Satinfliege, schweißglänzend, den Zylinder unter dem linken Arm, den Goldenen Zauberstab in der rechten, ausgestreckten Hand. Auf dem Kaminsims, neben zwei kopfgroßen Halbedelsteinen in Lila und Grün, Bilder von Eckes und Katrin im Urlaub auf den Malediven, bei Freunden während einer Ausstellung, Eckes strahlend vor der neu eröffneten Kanzlei, mit langen Haaren und mintgrünem Rüschenhemd.

»Those were the days, my friend. Alte Bilder, alte Zeit, altes Leben. Ich will Bilder von morgen. Neue Zeit.«

Anna bückt sich vor den Kamin. Er ist saubergefegt,

davor sind ordentlich rechts und links zwei kleine Stapel mit hellem Anmachholz geschichtet. Sie kriecht tiefer in den Kaminschacht, als ob sie etwas suchen würde. »Hier haben früher meine Ahnen den Käse zum Trocknen aufgehängt«, denkt sie. »Er roch wie Omas Hände. Mein Onkel hob mich in den Schacht hinein, und ich durfte den Käsekorb herausholen, rußbeschmiert. Die Oma schimpfte. ›Ruß bringt Glück‹, lachte er und schüttelte mich wie ein Staubtuch.« Sie kriecht zurück, streift die Hände ab, summt. »Those were the days my friend, I wish they never end, la lalala. Jetzt grinse ich auch schon über ›damals‹. Meine Jugendzeit, meine junge Zeit. Ich habe immer gedacht, so alt, daß mir das passiert, werde ich nie. Zwanzig Jahre, zwei Jahrzehnte. Ich dachte, so etwas haben nur Erwachsene, Eltern und Großeltern. Yes Sir. Jetzt kommt die Ablösung! Yesterday, all my troubles seemed so far away... Ich wär' nie auf die Idee gekommen, mir eine Lexikonreihe zu bestellen. Ich wollte nicht die Stichwortfassung der Romane, keine übersichtlichen Weltkarten mit den Muß-Sehenswürdigkeiten. Ich dachte, ich könnte leben, lernen und sehen, immer. Ewig. Unbescheiden, kraftstrotzend und ahnungslos. No Sir! Die junge Zeit ist eine Tarnkappe. Mit der Ahnung vom Ende wirst du erwachsen. Zeit ist Illusion, sagt Einstein. Stimmt nicht. Der Beweis dafür sind meine

Oldies im Radio. Die Zeit vor zwanzig Jahren hat es gegeben. Auf Spatzenrücken ist sie weggeflattert. Am Gate achtunddreißig stehen die Adler flugbereit. Wir bitten sie, während dieses Fluges nicht mehr zu rauchen, auf ihren Cholesterinspiegel und den Blutdruck zu achten, sich regelmäßig vitaminreich zu ernähren und ausreichend zu bewegen und, so sie Kinder haben, diese streßfrei, mit Verständnis und Liebe zu erziehen. Bitte anschnallen! Yes Sir, ich brauche die allerneuesten Lexikonreihen, die besten Straßenkarten und eine Digitaluhr mit Weltzeit. Glück gibt's auf einem anderen Planeten.«

Kurz nach der Heirat beschloß David an seinem vierzigsten Geburtstag, nun genug getan und erlebt zu haben und sich jetzt der ›Auswertung dieser Zeit‹ zu widmen. Anna wurde ein halbes Jahr später einunddreißig und war hochschwanger. Der Mann mit den großen, blauen Augen, dem süffisanten Lächeln und den höflichen Gesten wünschte sich noch zwei weitere Kinder und ein Eigenheim. Sie fühlte sich als seine Frau wohl, beschützt, versorgt und angenommen, so wie sie war. Ihre Unsicherheiten witzelte er vom Tisch: »Wer schöner ist als du, ist geschminkt.« Das gemeinsame Buchprojekt, an die Quellen der Weltflüsse zu fahren und die an ihren Ufern entstandenen Kulturen zu dokumentieren, wurde verschoben. Er überließ ihr die langwierigen Vorbereitungen dazu und übernahm Werbeaufträge, die schnell viel Geld einbrachten, um bei seiner neuen Familie zu sein. Seine erste Ehe war nach einem Jahr geschieden worden. Damals war er zu jung. Jetzt wolle er alles neu und ganz bewußt erleben, als ›verantwortungsvoller Familienvorstand‹, grinste er mit gespieltem Ernst. Sein lang ersehntes Kind, die göttliche Lichtgestalt, wie er sie nannte, übernahm er sobald es möglich war. Hätte er sie stillen können, er hätte sie nicht mehr aus der Hand gegeben. Er unterstützte die Ideen seiner Frau und überließ ihr peu à peu auch seine Aufträge. Er kreierte täglich neue Breisorten, mit Getreide aus biologischem Anbau, selbstgemahlen, dazu frisch gepreßte Obst- und Gemüsesäfte. Die obligaten Spaziergänge um den nahegelegenen See hielt er auf Videofilm fest. Das Kind schlafend mit rosa Mütze, das Kind schlafend mit gelber Mütze, das Kind schlafend mit violetter Mütze. Die Lichtgestalt vor, während und nach dem Bad, die Ohren des Stoffhasen kauend, dem Kinderlied aus der Spieluhr lauschend. Er richtete eine Videothek ein. Die Bänder wurden nach dem Alter sortiert, zuerst in Tagen, später in Wochen und Monaten.

Die junge Mutter freute sich. Ihre Freundinnen beneideten sie. Einmal fragte sie, ob das alles nicht ein bißchen zuviel sei. Sie hatte von einer alten Frau aus Anatolien gehört, daß zuviel Liebe dem Kind das Gesicht nimmt, die eigene Energie auslöscht. »Dann würde es mir in den Hals regnen, meine Mutter war die größte Glucke und hat mir noch mit neun Jahren die Socken angezogen«, spottete er den Aberglauben davon.

Nach dem Umzug in das Eigenheim erledigte er hastig ein paar Aufträge, um sich dann wieder sofort zurückzuziehen, zu renovieren und zu restaurieren. Die Frau reichte ihm das Essen auf die Leiter, frische Wäsche nach dem Bad, bereitete Projekte vor, blieb zu Hause bei dem Kind. Er sägte, bohrte, spachtelte und weißelte einen Raum nach dem anderen. Die Hände schwollen so sehr an, daß er keinen Film mehr in die Kamera einlegen konnte. An Wochenenden fuhr er mit seiner Kleinfamilie an die Weinstraße. Die malerische Gegend war ruhig, das Essen gut und billig, die Menschen höflich und zurückhaltend. Ab und zu kamen Nachbarn vorbei, man sprach vom Wetter und der Ernte. Der Berg gegenüber brachte die Eltern, zwischendurch dem Kind zuliebe, für eine Stunde aus der Puste. Die Telefonrechnung stieg von Monat zu Monat.

Einmal sprengte urplötzlich ein Ereignis, Tausende Kilometer entfernt, den stillen Alltag im tiefverschneiten Tal. Das große, feste Haus, zweihundert

Jahre alt, ein Meter dicke Mauern, verwandelte sich in ein Zelt aus Eisblumen. Der Mann saß wie angebohrt von morgens bis nachts vor den Nachrichten. Die Frau übernahm die Nachtschicht. Dieselben Berichte auf allen fünfzehn Kanälen: Amerikanische Bomben detonieren im Fadenkreuz computergesteuerter Raketen. Panzer rollen über menschenleere Wüsten. An der Golfküste die weltgrößte Zerstörerflotte, schußbereit. Ein Staatsmann, sonnengebräunte Haut, schwarze Haare, braune Augen und Schnurrbart, spricht vom Giftgas, ein anderer Staatsmann, der sein Bruder sein könnte, sonnengebräunt, schwarze Haare, braune Augen, ohne Schnurrbart, spricht von der Atombombe. Der Kommentator zeigt auf einer Landkarte den Radius der radioaktiven Strahlen. Das Haus der Kleinfamilie liegt noch im gefährdeten Gebiet. Das Cäsium rutscht durch die Mauern wie durch Schlagsahne. Das Gesundheitsamt empfiehlt im Ernstfall Jodtabletten für die Übergangszeit, bis flächendeckende medizinische Hilfe organisiert worden ist.
Die Frau hielt es nicht mehr zu Hause aus, malte mit den fünf Frauen und Männern der »Dritte-Welt-Gruppe« der Dorfkirche Transparente gegen den Video-Krieg, stand tagelang in der Stadt abwechselnd vor dem amerikanischen, dem irakischen und dem israelischen Konsulat, hielt Kerzen in der Lichterkette.

Im Kindergarten malten Fünfjährige blutige Menschen, brennendes Öl und schwarzen Regen. Wasser in Flaschen, Mehl, Hülsenfrüchte, Salz, Zucker, Kaffee und Tee waren innerhalb von vier Tagen ausverkauft. Die Reisepässe lagen bereit, die Bank hatte der Kleinfamilie noch einen zusätzlichen Kredit bewilligt, das Haus als Pfand akzeptiert.
Der Vater verstummte, starrte in den Himmel. Über den Wolken flog der Nachschub an die Golfküste. Stundenlang saß er unter der vorbereiteten Weinlaube. Im Sommer würde sie erstmals zugewachsen sein. Er rollte den Schnee im Garten zu Schneemännern zusammen, stellte sie der Reihe nach vor dem Tor auf. Die Tochter quietschte vor Freude: »Ich bin Schneewittchen, und das meine sieben Zwerge!« Das achte weiße Kugelmännchen beschmierte sie mit Asche. »Und das ist der böse Kriegsmann!«
Einen Monat lang standen gepackte Koffer bereit. Dann endlich waren die Wände wieder einen Meter dick. Unter dem Foto des bärtigen Staatsmannes war zu lesen: bedingungslose Kapitulation. Zurück blieben brennende Ölquellen, eine auf unübersehbare Zeit verseuchte Wüste, Tellerminen, die noch Jahre nach dem Krieg Tausende Menschen zerfetzen werden.
Der Familienvorstand holte erleichtert sein Werk-

zeug heraus und verschwand wieder in der Scheune, die eine neue Tür brauchte.
Anna legte die Kleidung in die Schränke zurück, holte neues Holz für den Kamin, bereitete das Essen vor. Während das Kind zu Mittag schlief, arbeitete sie an einem der angefangenen Projekte. Zwischen den Quellen von Euphrat und Tigris waren drei große Weltreligionen entstanden, die sich jahrhundertelang gegenseitig zu vernichten versuchten. Die Flüsse dagegen fließen nicht nur kurz vor ihrem Ende gemeinsam in das unendliche Meer, sie halten sich während ihrer sehr unterschiedlichen Wege an mehreren Seitenarmen fest.
Nach der Scheune kam der Geräteschuppen an die Reihe. Die Fenster mußten komplett erneuert werden. Danach das klapprige Vordach des Einganges. Tag um Tag flickte David die brüchigen Stellen des alten Hauses. Jede Erneuerung führte er seiner Familie vor. »Wie Beppo der Straßenkehrer«, jauchzte die Lichtgestalt. »Der macht auch Stück für Stück die Straße sauber.« – »Und wohin führt die Straße?« fragte seine Frau. »Wenn du danach suchst, wird sie nie sauber«, antwortete der Mann.

Anna legt sich auf die Couch, tastet wieder mit den Händen Kinn und Wangen ab. Der Kristallüster an der Decke blendet, sie schließt die Augen. Der Wind

und das Meer sind nur leise zu hören, sonst ist es still. Sie legt sich das Kissen unter dem Kopf bequemer, streift den Schal ab. Das beigefarbene Kissen paßt schön zu der cremefarbenen Polstergruppe. Ein dreisitziges Sofa, ein zweisitziges und zwei Sessel. »Viel Platz für wenig Mensch«, denkt sie.
An der Wand, rechts neben der Tür zum Garten, hängt ein Ölgemälde des Inselpastors. Küstenseeschwalben über einer Salzwiese mit Strandflieder und kleinen Tümpeln, auf denen drei Meeresgänse schwimmen, im Vordergrund taucht ein Säbelschnäbler den krummen Schnabel ins Wasser. Links neben der Tür ein anderes Ölbild des Pastors. Sechs Störche mit gestreckten Hälsen und gespreizten Flügeln, die über einen anderen Storch mit geknickten Beinen und hängenden Flügeln herfallen, ihn zu Tode hacken.
Katrin hatte Anna die dazugehörige Geschichte erzählt. Das Bild zeigt einen Storch, der in einem Herbst vor fünfzig Jahren dem Zug der anderen in den Süden nicht folgen wollte und lieber an der Küste, auf dem Festland blieb. Es war nicht herauszubekommen, ob er noch zu jung war oder krank. Er flog nicht mit, überwinterte bei den Tieren des Bauernhofes im Stall. Die Leute sagten, wenn die anderen zurückkämen, würden sie ihn töten. So war es dann auch geschehen. Als der eigenwillige Außenseiter

die Artgenossen nach der Rückkehr begrüßen wollte, stürzten sie sich in einer großen Gruppe auf ihn, zerfetzten den wehrlosen Vogel zu Tode.

»Es reicht eben nicht, aus einem Storchenei von einer Storchenmutter in einem Storchennest ausgebrütet worden zu sein«, dachte Anna. »Das heißt noch lange nicht, daß du auch ein richtiger Storch bist. Du mußt den Storchensippengesetzen gestorcheln, du dummer Storch. Willst du mit Kühen und Schafen kuhmuhen und schafmeckern, bist du nach den Storchensippengesetzen eben kein richtiger Klapperstorch mehr. Das Schaf mag dir ziemlich blöd erscheinen, weil es sich immer kahl rasieren läßt, aber es würde sich nie einen Ring durch die Nase ziehen lassen. Das ist eben das Schafsippengesetz. Nach dem Kuhsippengesetz darf sich eine Kuh zwar melken lassen, aber für Schafe ist die Kuhweide verboten. Die werden gnadenlos weggeboxt. Sie hätten dich sicher geduldet, aber sie hätten dich nie geliebt. Es wäre ein trauriges Storchenleben geworden. Und wenn du zurückgehst, wirst du bestraft, weil du Neues mitbringst, denn Neues macht Angst, armer, toter Storch.«

Anna zündet sich eine Zigarette an. »Ich hab' mich auch verflogen. Als ich jünger war, fand ich das

Rumflattern noch ganz amüsant, aber in letzter Zeit ahnelt mir das Ahnengehirn unverständliche Faxe. Ich rufe zurück, will fragen, reden, aber es ist immerzu besetzt, oder es gibt keinen Anschluß mehr unter der Nummer. Sie sind entweder weitergezogen oder schon tot. Mein Gehirn ist ja auch das Gehirn meiner Vorfahren, und deren Nester waren auf anderen Kontinenten. Sie waren Nomaden, ich will seßhaft werden, aber ihr Flügelschlag hallt mir unter der Haut. Ich kenne das Ei, das Nest und den Ort, über dem eine kupferne Sonne und ein gläserner Halbmond gestrahlt haben. Trotzdem muß ich meine Sippengesetze irgendwo verloren haben.« Anna dreht sich zu dem Bild. »Oder hattest du dich in eine Kuh verliebt, du dummer Storch?« und lehnt sich zurück auf das Kissen. »Ich habe das Fliegen über staubigen Straßen gelernt, bin den Bussen gefolgt zum Spinnennetz der großen Bahnhöfe. Dort habe ich mir den längsten Zug ausgesucht, habe ihn verfolgt wie einen dicken, saftigen Regenwurm, aber der entpuppte sich als eine Schlange. Überall, wo er anhielt, ließ er ein kleines Schwanzstück zurück, auf Abstellgleisen. Ich flog der Lokomotive hinterher, die schob neue Wagen an bis zum nächsten Halt. Da übernahm ein anderer Kopf den Schwanz und fuhr in die entgegengesetzte Richtung wieder raus, der alte blieb zurück. Ich habe viele Bahnhöfe gesehen, auf Schlangen kann man keine Nester bauen.« Sie drückt die Zigarette wieder aus.

Der flache Tisch zwischen der Polstergruppe ist ein Kunstwerk eines italienischen Designers. Eine naturbelassene Eisenplatte zwischen naturbelassenem, abgelagertem Pinienholz. Der Aschenbecher, ein naturbelassener Klumpen Marmor aus Carrera. Ihre Mutter würde jetzt den Kopf schütteln, ›so viel Geld für dieses rostige Zeug‹. In der beleuchteten Glasvitrine an der Wand, zwischen riesigen Quarzen in allen Farben, Mitbringsel von den Malediven, Kenia, Singapur, Mexiko. Sie denkt an ihre unvollendeten Projekte. Die Reportage mit dem Free Climber auf dem Aconcagua in Argentinien. Die Reise an die Quellen. Mit dem Kind allein würde das jetzt nicht mehr zu realisieren sein. Der Vater hatte es strikt abgelehnt, den Lückenbüßer zu spielen. Sie hätte die Trennung provoziert, also sollte sie nun sehen, wie sie zurecht kommt. Dem Kind zuliebe wäre er bereit gewesen, das Nebeneinander zu erdulden. Von ihm aus hätte das Weinglas auch an der Seite stehenbleiben können, und das Teleobjektiv die einzig mögliche Sichtweise, wenn sie sich nur ein wenig bemüht hätte. Die Liebe würde sich eben verändern. Individuell könnte sie draußen sein, aber hier drinnen, mit Mann und Kind, müßte sie sich endlich auf das Wir einlassen, und zitierte einen Satz aus dem Talmud: »Komme mir soweit entgegen wie du kannst, den Rest des Weges gehe ich.« So wie sie lebten, wäre es normal, fast normal.

Sie solle auch aufhören, ständig die Welt verbessern zu wollen, und sich auf die Familie konzentrieren. »Aber die Familie ist ein Teil dieser beschissenen Welt. Familien atmen die verdreckte Luft, Familien trinken verseuchtes Wasser, Familien sind obdachlos, Familien machen Krieg, Familien hungern«, erwiderte sie. »Das hier ist unsere Familie. Und die hungert nicht.« In diesen oder ähnlichen Momenten ihrer Streitereien ging er. »Aber sie erfriert, wenn es kein Holz gibt«, und griff grinsend nach der Axt. Die drei kreidigen Gestalten setzten sich an seinen Platz. Der Weitwinkel verstaubte. David suchte einen Weinberg.

Anna denkt an die Flüchtlingsfrau, die an der Quelle des Euphrat geboren wurde, die den Wert des Geldes nur an der Farbe der Scheine erkannte, die die Kinder nach der Uhrzeit fragte, weil sie die Zahlen nie lesen gelernt hatte. Sie hatte sie in einer Containersiedlung für Asylsuchende in der Nähe von Köln besucht. Auf ihre Bitte, ihr Leben zu erzählen und ihre jetzigen Gefühle zu beschreiben, hatte sie gefragt: »Welche Gefühle?« – »Ihre Verletzungen, Ängste und

Träume«, hatte Anna geantwortet. Die Frau rieb sich mit dem Kopftuchzipfel die Augen, über so etwas hätte sie noch nie gesprochen. Man lebt und tut das, was zu tun ist, ohne zu fragen. Dem Mann wäre sie, so wie es Brauch und Sitte ist, immer gefolgt. Ihre Kinder seien gesund, die Hände und Füße an ihrem Platz. Nein, über so etwas spricht eine Frau nicht, die Schamgefühl besitzt. Eine Frau, die klagt, wäre keine gute Frau.

Ihre Mutter, selbst ein sechzehnjähriges Kind, war gestorben, als sie vierzehn Monate alt war. Der Vater flüchtete aus dem Bergdorf und ließ den Säugling bei seiner ersten Frau, die keine Kinder bekommen konnte, zurück. Die heute etwa vierzigjährige Frau, sie weiß weder wann noch wo sie geboren ist, sagt, sie sei irgendwie zwischen den Beinen fremder Leute großgeworden. Seit sie die ersten Wassereimer tragen konnte, wurde sie weitergereicht, von Familie zu Familie. Vierzig Füße hätten nicht gereicht, um die Arbeit zu bewältigen. Mit Gottes Hilfe hätte sie es geschafft. Immerhin durfte sie leben. In Indien, hatte man ihr erzählt, wäre sie ertränkt worden. Kiz wurde sie gerufen, Kiz, Mädchen, einen richtigen Namen gab ihr erst der Mann, der sie heiratete, als die Brüste pfirsichgroß waren. »Mädchen, sammel die Ziegen ein, Mädchen, feg den Stall, Mädchen, knete den Teig, Mädchen, wasch die Kinder.« Sie war bei fünf oder sechs verschiedenen Familien, bevor sie die eigene Wohnung saubermachen konnte. Ihr Mann sei ein guter Mann gewesen, sagte sie, Gott hab ihn selig. Er habe sie nie hungern lassen. Wären sie nur dageblieben, wo sie waren. Aber der Mann wollte weg. Die Militärs ließen keine Ruhe. Sie stießen die Türen ein, nahmen willkürlich jeden mit. Zum Verhör. Als sie den Ältesten zum ersten Mal mitgenommen haben, war er zehn.

»Sie schneiden unsere Zunge ab, weil wir unsere Lieder singen wollen. Was ist an Liedern politisch?« Weinend stand die Kurdin da, ihr siebtes Kind an der Brust, und wischte sich die Tränen mit dem Kopftuchzipfel ab. »Eine Frau ohne Namen, ohne Dorf, ohne Mann. Herr, hilf mir!«

Es war ein Unfall gewesen, der Lastwagen, der zu schnell um die Kurve gerast war, hatte ihren Mann auf dem Mofa übersehen. Was solle sie nur machen, sie kenne die Zunge dieses Landes nicht. Seit vier Jahren lebten sie in der Containersiedlung als Flüchtlinge, jetzt sollten sie wieder zurück. Aber wohin, zu wem? Eine Frau ohne Mann? Der älteste Sohn, achtzehn Jahre, arbeitslos, im John-Travolta-Look, ekelte sich vor seiner Mutter, die nicht mal lesen und schreiben konnte, verschwand nächtelang. Die drei Mädchen, sechzehn, vierzehn und zwölf, gingen in die Schule, halfen im Haushalt, übersetzten, der achtjährige Junge war gerade eingeschult worden. Die beiden letzten waren hier geboren. Die Mutter konnte putzen, Essen kochen und Kinder kriegen, aber in einem Supermarkt drei Äpfel abzuwiegen, dazu war sie nicht imstande. Sie schämte sich, daß Anna sie fotografieren wollte.

Das Telefon klingelt. Anna hebt ab. »Ja, bitte?«
Eine Männerstimme: »Wer ist da?«
»Eckes, bist du's?«
»Anna! Wann bist du gekommen?«
»Heute morgen. Wo steckst du?«
»In Los Angeles. Wegen des neuen Musiksenders. Die Finanzierung ist schwieriger, als es sich die deutschen Vertragspartner vorgestellt haben. Der Satellit und die Rechte, 'ne Menge ungeklärter Fragen. Ist die Scheidung durch?«
»Ja, und ohne Anwalt, stell dir vor. Die Anwältin hat Geschütze aufgefahren, als ob es um die Exekution eines Monsters ginge. Da habe ich ihr das Mandat entzogen. Ein grauenhaftes, geldgieriges Weib.«
»Und wie geht es dir jetzt?«
»Schwer zu beschreiben. Ich habe Angst. Angst vor gestern, heute und morgen, vor dir und vor mir. Ich habe immer gedacht, ich sei unsterblich, aber plötzlich ist mir, als ob ich keine Zeit mehr habe.«
»Zu was?«

»Ich weiß es nicht genau. Hermann Hesse sagt: ›Es gibt keine Pflicht des Lebens, es gibt nur eine Pflicht des Glücklichseins‹.« Sie grinst. »Egal. Wann kommst du zurück?«

»Übermorgen. Zu Katrins Geburtstag. Bleibst du? Du mußt. Wir feiern unseren zwanzigsten Hochzeitstag und ihren fünfzigsten Geburtstag, und sie will etwas verkünden.«

»Was denn? Wollt ihr nicht lieber allein sein? Was will sie denn verkünden?«

»Keine Ahnung, sie macht es spannend. Es hat irgendwie etwas mit der Hand zu tun. Sie hat zwar lange trainiert, um die Finger wieder weich zu kriegen, aber sie kann die Bälle nicht mehr rollen. Der Bruch war zu kompliziert. Sie hat es aber ganz gut weggesteckt. Das sei ein Zeichen, hat sie gesagt.«

»Ich wußte gar nicht, daß es so dramatisch ist.«

»Ist sie wieder bei ihrer Heilpraktikerin?«

»Woher weißt du?«

»Weil sie sich seit Jahren in die Esoterik eingräbt. Gib ihr einen dicken Kuß. Und Anna ...«

»Ja?«

»Paß auf dich auf und bleib da, ich will dich sehen. Tschüs.«

»Tschüs, Eckes. Danke.« Anna legt auf. »Ist das alles in Ordnung, so mag man Hirse oder Kuchen essen, Lumpen oder Juwelen tragen, dann ist die Welt in

Ordnung.« Sie reibt sich die Augen. »Wenn das man so einfach wäre, verehrter Herr Hesse.«

Sehr bald, nachdem sich Anna und David kennengelernt hatten, zogen sie zusammen. Das erstemal, daß Anna diese Enge mit einem anderen Menschen duldete. Noch während der Schulzeit war sie aus dem Elternhaus geflüchtet, weil die permanente Rücksicht auf den Lebensrhythmus der anderen Familienmitglieder, das ständige Behaupten der Zusammengehörigkeit zum Stillhalten zwang. Gemeinsam essen zu müssen, wenn sie keinen Appetit hatte, das Gebiß des Vaters neben ihrer Zahnbürste, der fortwährend vergleichende Blick der Mutter, das Thermostat auf dauerhaft wohlige 22°, die Schwester, zu klein für gemeinsame Geheimnisse, der Familiengeschmack, nicht zu scharf gewürzt und kein Knoblauch und immer, wie alle anständigen Menschen, anständig angezogen, nicht zu laut und nicht zu leise. Sosehr sie sich mühte, sie schaffte es nicht.

Der Vater, dessen Aufmerksamkeit ausschließlich auf seine eigene Innenwelt gerichtet war, der darunter litt, nie einen Gleichgesinnten gefunden zu haben, blockte jeden erdenklichen Versuch der Tochter ab, ihr gerade entstehendes Weltbild zu beschreiben. Vorher müsse sie erst einmal all das studieren, was er sich erarbeitet habe, dann erst hätte sie

ein Fundament zum Reden, aber so sei es nur dumm und renitent. Sie schlug im Duden nach: renitent, dem Druck widerstehen.
Schon früh hatte sie regelmäßig Alpträume. Hunde rannten hinter ihr her, bissen ihr Stücke von Beinen und Armen ab, sie blutete, versuchte die herunterhängenden Hautlappen wieder anzudrücken, schrie, rannte durch verregnete Gassen, die Hunde hinter ihr her, kläffend, die Zähne fletschend. Niemand sah aus dem Fenster, obwohl überall Licht war. Sie kletterte über Mauern und Gitter, schrie, kroch durch die Kanalisation, schrie, den Atem der Hunde im Nacken. Schreiend wachte sie auf. Jedesmal holten die Eltern sie zu sich hinüber. Sie traute sich nicht, die Augen zu schließen, saß wach, bis das Schnarchen der Eltern sie beruhigte.
Vom neunten Lebensjahr an, bis sie auszog, träumte sie, daß ihr Vater erhängt würde. Es war ein grauer Traum, ohne Farben. Etwas entfernt in einem Tal feierte die Mutter nichtsahnend mit lachenden Gästen unter einem Baldachin mit Glühbirnen. Dicht bei ihr stand ein Mann mit einem grauen, breitkrempigen Hut, der sich nie umgedreht hat. Auf dem grauen Hügel dahinter, neben einem grauen Baum, zerrten mehrere graue Männer an dem Vater, legten ihm die Schlinge um den Kopf. Sein weißes Hemd hing in Fetzen am Gürtel herunter. Der Vater wehrte

sich kaum. Er ließ sich hängen. Neun Jahre ließ der Vater sich hängen. Sie traute sich nicht zu schreien, weil sie Angst hatte, auch erhängt zu werden. Sie röchelte, als ob sie ersticken würde. Mit offenen Augen, den grauen Traum vor sich herschiebend, kroch sie ins Nebenzimmer zu den Eltern, hockte sich zwischen sie, stierte in die abwechselnd schnarchenden Gesichter.

Jahre später erzählte sie ihrer Mutter von ihrer seltsamen Sehnsucht nach der verstorbenen Großmutter. Sie war die einzige gewesen, die sie an ihren verschrumpelten, ausgeleierten Bauch gedrückt hatte. Ein kleines Zupfen an der Hüfte, und sie durfte unter das Hemd kriechen. Es war warm und weich und roch nach Schutz. Die Mutter, die sich immer noch im gemeinsamen Spiegelbild verglich, antwortete mit einem verwischten Blick. »Ich hatte keine Zeit, meine Kinder zu streicheln.« Ihr war nur schwindelig vom Karussel nicht endender Hausarbeit, neuer Schwangerschaften und vom Ehefrauendasein, als Köchin und Putzfrau. »Das war eben früher so.«

Als die Mutter, die älteste Tochter einer Bauernfamilie, den hübschen, gebildeten Mann aus der Großstadt kennengelernt hatte, sagte sie ganz schnell »ja«. Weg aus dem dunklen Dorf. Raus in die lichtdurchfluteten Alleen und Boulevards der Stadt. Schöne Kleider, Amusements, Menschen von Welt. Eine Zigeunerin hatte aus ihrer Hand gelesen, daß ihr eine große Reise bevorstehe. Wohin und was sie dort erwartet, hatte sie entweder nicht gesehen oder verschwiegen.

Als erstes ließ sie sich die hüftlangen Haare abschneiden, à la Lollo. Kinnkurz und onduliert. Der Friseur war begeistert. Sie sähe aus wie ein Star!, und küßte ihr die Hand. Daraufhin bestellte er sofort die Maniküre mit der neuen Handcreme aus Amerika gegen ausgelaugte Bauernhände. Der hübsche, gebildete Ehemann nahm seine hübsche, à la Lollo ondulierte Ehefrau mit in sein Lieblingslokal »La Bohème«. Die Bohemiens waren fasziniert von ihrer Schönheit, stürzten sich mit Sekt- und Weingläsern auf sie. Aber sie trank nicht. Sie offerierten ihr lange, weiße amerikanische Zigaretten. Sie rauchte nicht. Die Nachtschwärmer diskutierten über die unmenschlich harte Arbeit der Bauern. Sie sagte: »Wenn wir nicht arbeiten, hungern wir.« Die Bohemiens redeten über die Versklavung und Ausbeutung der Landbevölkerung. Sie sagte: »Unser Hof gehört uns. Was wir ernten, gehört uns. Was wir verkaufen, bestimmen wir.« Die Stammgäste bestellten sich neuen Wein, rauchten und diskutierten alleine weiter. Was die Jungvermählte mit weichgecremten Händen hörte, verstand sie nicht, und was sie zu erzählen wußte, verstanden die angetrunkenen Bohemiens nicht.

Der Versuch, mit Büchern und Kursen eine Brücke zwischen ihren Geschichten zu bauen, gelang dem hübschen Paar nicht. Er fing bei den Pfeilern an, sie wollte gleich auf den Asphalt. Sie wurde schwanger, die Haare wuchsen aus der Lollo-Form wieder in die alte Länge, die amerikanische Handcreme hob sie sich für besondere Anlässe auf.

Auf Annas Frage, ob sie denn keine Sehnsucht empfunden hätte, wenn sie ihre Erstgeborene für Monate zu der Großmutter geschickt habe, stand ihr Blick für Momente still, wie versengt. »Sehnsucht? Nein, ich dachte, daß man sich da besser um dich kümmern kann, als ich es gekonnt hätte. So wie man die Kinder heute in die Kindergärten schickt, weil man es sonst nicht schafft. Das bißchen Geld, das dein Vater verdiente, vertrank er in seinem Stammlokal. So gerne wäre ich mit einem schicken Auto langsam durch die Straßen gerollt. Aber er konnte nicht fahren. Wie oft habe ich die Hunde auf dem Rücksitz beneidet. Die alten Pullover mußte ich aufribbeln, um euch neue zu stricken. Ein einziges Hemd hatte er, das am nächsten morgen frisch gewaschen und gebügelt sein mußte. Jeden Tag Wäsche, die gekocht werden mußte. Solange ich zurückdenken kann, rann mir Schweiß über den Rücken.« Sie versuchte ihre Tochter zu streicheln. Die Hände sahen nun aus wie früher die Hände der Großmutter, aber Anna wich zurück.

David wußte von alldem nichts, und Anna fragte nicht nach seiner Geschichte. Nach der vierjährigen Beziehung mit einem Schauspieler, der nur lieben konnte, wenn er die Frauen bis in ihre embrionale Phase analysiert hatte, wollte sie bei Null beginnen. Aus unbekannten Geschichten sollte sich etwas Neues entwickeln. David wollte mit ihr sein, ohne Fragen, ohne vorgefertigte Erwartungen. Über seine Vergangenheit sprach er selten und nur widerwillig. Einmal in der Woche, am Sonntag vormittag, rief er seine Eltern an, fragte prophylaktisch, ob alles in Ordnung sei. Diesen Teil seiner Biographie, die er nicht selbst bestimmen durfte, hätte er am liebsten in einer Urne im Meer versenkt. Seine Mutter verachtete er. Ihre obsessive Fürsorge hatte jeden Schritt mit schmerzverzerrtem Gesicht verfolgt, ›hoffentlich tut sich der Bub nichts‹. Es wäre ein Wunder, daß er überhaupt das Gehen hat lernen dürfen. Ihre Hysterie hätte ihn sogar fast umgebracht. Zwei Tage hatte er hohes Fieber, röchelte und aß nichts. Die Mutter geriet in Panik, wickelte den Einjährigen in eine Decke, rannte blindlings quer durch die zer-

bombte Stadt ins Krankenhaus. Als der Arzt den Jungen aus der Decke herauspellt, ist er blau angelaufen. Sie hatte ihn falsch herum eingewickelt.
So eine Frau hätte er nie ertragen. Er wünschte sich eine selbständige, unabhängige Frau, die sowohl ihre als auch die Familienangelegenheiten eigenständig regeln kann. Seine neue Ehe sollte verantwortungsvoll, aber frei sein, beschützend und fürsorglich, ohne zu versklaven, er wünschte sich Treue ohne Abhängigkeit, Sex ohne Gummi.
Anna hoffte auf Liebe, die stark macht, die entlastet, die versteht, nicht bestraft und verkrüppelt, die ganz macht. Ein Spiegelbild ohne Kommentar.
Jeder für sich führte seine eigene Ehe im Kopf, und zunächst fiel es auch keinem auf. Alle Konzentration wurde über dem Wunschkind ausgestreut. Sie liebten, fütterten und wuschen es gemeinsam und empfanden die unterschiedliche Herangehensweise an den »kleinen Buddha« als Ergänzung. Während sie ein Gesundheitslexikon nach dem anderen bestellte, alle Veröffentlichungen alternativer Medizin sammelte, hypochondrisch genau die Entwicklungslinie auf dem Koordinatenkreuz der Durchschnittstabelle eintrug, verwies er amüsiert auf Millionen Kinder, die sich ohne eine Bibliothek und Kurven statistischer Mittelwerte *irgendwie*, nach ihrem ganz eigenen Rhythmus entwickelten. Auch sie war

irgendwie groß geworden, irgendwie satt, irgendwie traurig, und irgendwie waren die Tage, Wochen, Monate wie Schneeflocken im Wind davongerollt. *Ihr* Kind aber sollte diesen Atemzug Zeit in der Menschengeschichte nicht *irgendwie* leben, sondern besonders, gezielt, bewußt und gewollt.
Doch irgendwann spürte sie kalte Tropfen auf der Haut. Schon wieder waren Schneeflocken zerschmolzen, irgendwie, ohne daß sie sie gesehen hatte. Irgendwie mußte sich der gemeinsame Baum gegabelt haben. Jeder saß nun auf einer anderen Krone, dazwischen schaukelte das Kind.
Irgendwie verschwand auch sie selbst, eingerollt in dem alten, weißen Bademantel, den sie nur auszog, wenn sie für Aufträge verreisen mußte. Die kleine Tochter rief dann: »Schau, Papa, wie schön Mama ist!« Er fuhr sie kommentarlos zum Flughafen. Von der Arbeit zurück, wickelte sie sich wieder in den Bademantel, knotete die langen Haare hoch, putzte das Kinderzimmer, füllte die Wäschetrommel, kochte Essen, malte im Gästezimmer Fensterbilder mit Rosen, Birken und rauchenden Schornsteinen zwischen Telefonleitungen. Monatelang, bis David irgendwann in das Zimmer platzte. Er schrie: »Du siehst aus wie eine Mumie! Läufst herum wie eine Mumie! Bist stumm wie eine Mumie! Du bist eine Mumie!«

Anna lief ins Bad, schnell das Gesicht abwaschen, bevor das Kind nach Hause kommt. Sie sah ihr Spiegelbild. Rotgeweinte Augen, schmaler Mund. »Mumie!« schrie ihr die laute Stimme entgegen. Sie schminkte und frisierte sich, schüttete die Flasche Nr. 5 über sich, leckte die Lippen, aber die ›Besondere‹ aus den Kindertagen war weg. Sie klappte die beiden Flügel des Spiegels nach vorne, drehte sich rechts herum, links herum, suchte von allen Seiten, nichts, die ›Besondere‹ war verschwunden. Schwindelig von der Dreherei legte sie sich auf den Boden. Sie dachte an die ›Andere‹, die ihr manchmal nachts im Gästezimmer aus der Netzhaut wuchs. »Kannst du nicht auch die Tagesschicht übernehmen?«
Hinter geschlossenen Augen flanierte diese ›Andere‹, stärker und mutiger als Anna, hemmungslos in einem Harem lustvoller Komplizen. Zwischen Hamlet und Romeo, zwischen Philosophen und Artisten, ein wilder Geheimbund, weniger als ein Déjàvu oder die Konturen auf dem Negativ, ein Hauch von Regenbogen. Die ›Andere‹ sperrte Anna aus, schickte sie weg. »Im Traum fickt dich keiner wirklich, aber dafür genauso, wie du es brauchst«, lachte sie. Die ›Andere‹ kam unerwartet, überraschend und unregelmäßig, mal während des Einschlafens, mal sprang sie in einen tiefen Traum. Anna hatte Angst vor ihr und bewunderte sie. Sie selbst war genau das

Gegenteil. Gehemmt und voll von Komplexen. Die ›Andere‹ verzauberte das Dachgeschoß zu einem Spiegelsaal mit Sonnendecke, eine Regenbogenmusik, die den Harem ins Schwitzen brachte. Ein perlendes Tippen mit dem Zauberstab, und der Reigen schwebte im Licht. Sie suchte die Spieler zusammen, schmiß sich in das Roulette, drehte die Scheibe nach ihrer Lust, reichte sich an den nächsten weiter, drückte ihn fester und fester an sich. Das Licht wurde größer, heißer, weiter, greller, enger, dichter, fester, ein Strahl, eine Kugel, eine strahlende, atemlose Kugel aus Licht. Dann verschwand die ›Andere‹. Anna leckte den Schweiß in der Hand. Müde schlief sie wieder ein. Am nächsten morgen vertrieben die drei kreidigen Gestalten die ›Andere‹ ganz aus der Erinnerung, zurück blieb ein zerwühltes Bett und Scham.

Das Telefon klingelt. Anna zündet sich eine Zigarette an, überlegt, ob sie abnehmen soll.
»Ja bitte?«
»Hier ist Katrin. Ich dachte, du bist vielleicht mit dem Rad unterwegs.«
»Nein, ich wart' auf dich. Bist du fertig?«
»Ja, ich fahr' jetzt los. Soll ich etwas mitbringen, eine Zeitung oder sonst irgend etwas?«
»Bloß nicht, grausige Nachrichten gibt es morgen auch noch.«

»Also, bis gleich. Tschüs.«
»Bis gleich.« Anna legt auf, hebt den Hörer wieder hoch, will wählen, läßt es. »Es wird schon alles in Ordnung sein.«
Sie geht hinter die Theke, in die offene Küche, füllt Wasser in die Kaffeemaschine, sucht das Kaffeepulver und den Filter. Auf dem Regal stehen vier verschiedene Teekannen und Stövchen, der Schrank darüber ist übervoll mit den verschiedensten Teesorten aus aller Welt, in beschrifteten Dosen. In dem Schrank daneben hauchdünne Teetassen, je zwei mit gleichen Motiven ineinandergestellt, Teesiebe aus Keramik und Baumwolle. Im dritten Schrank, zwischen Knäckebrot, Dosen mit Lychees, Kaviar und chinesischen Nudeln findet sie, was sie braucht, füllt den Kaffee auf, schaltet die Maschine ein. Der Wind wirbelt gerade die Decken aus den Strandkörben in die Luft. Sie läuft hinaus, versucht die wildgewordenen Stoffe einzufangen. Wie steuerlose Ufos gleiten sie in weichen Bögen kreuz und quer durch den Garten. Anna springt lachend hinter den Fransen her. »Ich befehle sofortige Landung.« Plötzlich rennt sie zu der Fototasche neben dem Strandkorb, holt die Kamera. »Fliegende Teppiche zu Gast bei einer Zauberin.« Anna streckt und duckt sich, sucht die optimale Komposition, bis sich die hellbeige Decke im Baum verfängt und die hellgrüne von der Haus-

mauer gestoppt wird. Gut gelaunt rollt sie den Film auf, steckt ihn in die Jackentasche, legt die Kamera in die Box zurück, sammelt die Decken ein.
Auf der Deichkuppe flattert Katrins roter Blouson an den radelnden Touristen vorbei. Anna läuft zum Tor. Ein älteres Paar, eingehakt, die Köpfe in den Wind gehoben, geht im Gleichschritt langsam an ihr vorbei. Unter ihren Mützen wirbeln schneeweiße Locken. Die Jacken und Hosen in ähnlichem, gedeckten Grünbeige, die Schuhe braun. Von hinten wirken sie wie ein Ganzes unter einem Schildkrötenpanzer. Anna lächelt. »Hermine und Franz, auf dem Osterspaziergang.«

Im Gegensatz zu der rostigen Großstadt hatten sich die Menschen des Dorfes in Schönbrunngelb noch als echte Handwerker in fast unberührter Natur gezeigt. An den Eingängen baumelten bunte Schilder: Kernöl aus eigener Produktion, Kartoffeln aus eigenem Anbau, Wein von der eigenen Rebe. Vor einem kleinen Wirtshaus gegenüber dem Gemeindesitz stellte eine Frau mit schneeweißen Locken täglich ein neu beschriftetes Schild auf den Gehsteig, gut sichtbar für Passanten und Autofahrer. ›Heute frisch zubereitet: Griesnockerlsuppe, Brathändl mit Petersiliekartoffeln und Kaiserschmarrn, 100 Schilling.‹ Jeder wußte, daß das Suppenfleisch vom

Fleischhauer Prenner war, Gries und Mehl vom Bauer Jöbstl, die freilaufenden Hühner und die ungespritzten Kartoffeln vom Draxler Bauern, beim Bürgermeister Hirschmann gab es das beste Öl. Und jeder wußte, daß die Frau mit den weißen Locken seit über vierzig Jahren täglich selbst das köstliche Essen zubereitete. Hermine, Jahrgang 22, grüßte die Vorbeiziehenden mit einem warmen »Grüß Gott«. Kerzengerade stand sie da, die von Gicht verbeulten Hände aneinanderreibend, beobachtete eine kleine Weile, mehr wäre Trödelei, das gemächliche Treiben entlang der Dorfstraße. Ihr Blick wach, neugierig, entrückt, isoliert. Frei von vergilbter Höflichkeit und vom verknitterten Fleiß der übrigen Dorfbewohner, verströmte sie Sanftmut und Großzügigkeit in ihrer Wirtschaft, zerrieb Mühe und Müdigkeit zwischen den schmerzenden Fingern. Von klein auf hatte die mittlere von neun Geschwistern Verzicht und Disziplin eingeatmet. Später als Leistungssportlerin, sie war eine der besten Skiläuferinnen ihres Landes gewesen, auch nach dem Anschluß an Hitler-Deutschland, wäre sie ohne diese Härte gegen sich selbst verloren gewesen, hatte sie einmal Anna erzählt. Nach dem Krieg lernte sie den Panzerkommandeur Franz im englischen Internierungslager kennen, beim »Zaunen«, am Stacheldrahtzaun, der Frauen und Männer voneinander trennte. Nach der Entlassung im Mai 1947 heirateten sie und übernahmen das zerbröckelte Wirtshaus der Schwiegermutter.

»Es war doch so, daß meine Schwiegermutter das Kommando nicht abgab, mein Mann leider kein Talent als Geschäftsmann hatte, und durch den langen Krieg hatte er das Talent für Fleiß und Arbeit komplett verloren. So war ich ganz allein auf mich gestellt, Wirtshäuser gab es eine Unmenge. So kam ich auf die Zimmervermietung. Ich fing also an, ein Zimmer nach dem anderen instand zu setzen. Es war eine mühsame Arbeit, denn die Räume waren gut dreißig Jahre nicht mehr ausgeweißt worden. Ich stürzte mich beinhart in die Arbeit. Den Sport gab ich auf. Lesen und Handarbeiten wurden meine einzigen Hobbys. Wie ich da nebenbei auch noch den großen Hausgarten bewältigte, weiß ich selber nicht mehr. Ich nahm halt einfach meine kleinen Kinder mit, und die Gartenarbeit war für mich dann eben körperlicher und seelischer Ausgleich.« Während sie erzählte, rieb sie fortwährend die Hände kreisförmig, wie zwei Mühlsteine, streifte sie zwischendurch ab, als ob sie restliche Krümel abschütteln wollte.

»Es ging alles sehr langsam vor sich, zumal mein Mann lieber auf die Jagd ging, fleißig Karten spielte und mir die Gästebetreuung allein überließ.« Hermine überlegte, ob sie weitererzählen sollte. Anna hatte sie gefragt: »Wie geht das? Über 40 Jahre zusammenzubleiben?«

»Ich hatte ja noch die Zeit erlebt, wo die alten Waschfrauen um drei Uhr in der Früh im Hof begannen, die Wäsche zu waschen. Wir waren die ersten Waschmaschinenbesitzer, und auch die erste Geschirrspülanlage wurde bei uns aufgestellt.« Plötzlich stoppte das Kreisen, langsam drückte sie die Hände fest ineinander, als ob sie einen imaginären Schneeball zerquetschen würde.

»Ich habe in diesen Jahren so sehr für meine Arbeit gelebt, daß ich jahrelang nicht merkte, daß mich mein Mann mit einer Hausangestellten betrog. Die zwei waren so raffiniert und verlogen, daß ich lange brauchte, um sie in flagranti zu erwischen. Es war für mich schon ein Schock, ich warf die Person natürlich postwendend aus dem Hause, aber ich mußte feststellen, daß die Sache trotzdem weiterlief. Als ich schon die ersten zwei Kinder geboren hatte, verliebte auch ich mich schrecklicherweise in einen sehr lustigen Intellektuellen, aber er hatte eine Frau und zwei Kinder, und so gab ich denn diese aussichtslose Verbindung sehr bald auf. Mein Mann war schrecklich eifersüchtig, aber er selbst fand es für ganz richtig, jahrzehntelang eine Geliebte zu haben. Ich habe mich darüber nicht sehr gekränkt, meine Liebe war längst erstorben, durch all die Unbillen getötet worden.« Sie streift die Hände ab, wischt sie an der Schürze trocken.

»Warum ich ihn nicht verlassen habe? Dies war eine reine Frage des Geldes. Ich war ja mit auf den Besitz geschrieben, und bei einem Weggang meinerseits hätte Franz mich und die Kinder ausbezahlen müssen. Bei seinen geschäftlichen Fähigkeiten wäre dies einfach unmöglich gewesen. Dadurch, daß ich eine ärmliche Kindheit hatte, hatte ich mir zum Ziel gemacht, daß ich nie mehr arm sein wollte. Vor allem wollte ich meine drei Kinder gut versorgt wissen. Du wirst denken, diese Hermine ist eine trockene Realistin, aber das Leben hat mich einfach dahin gebracht. Für mich waren dann eigentlich alle Männer gestorben, und dazu hat mir auch eine gute Portion Frigidität verholfen, die ich zweifellos besitze.« Wieder rieb sie die Hände wie zwei Mühlsteine.

»Wenn man das hat, ist es eine reine Freude, wenn man sein Bett für sich allein hat und von niemandem abhängig ist. Ja, und jetzt sind wir alt, die Krankheiten stellen sich ein, und wir sind froh, wenn wir uns gegenseitig helfen können. Diesen Zustand kannst du vielleicht noch nicht richtig begreifen, Gott sei Dank bist du noch zu jung dazu.«

Anna hatte sie sprachlos angestarrt. Die beiden Menschen, die jährlich die Stammgäste zum Osterspaziergang einluden, Hand in Hand der heiteren Schar vorangingen, Harmonie und Zufriedenheit wie bunte Frühlingssträuße verteilten, lebten seit Jahrzehnten hinter dornigem Gestrüpp.

»Ich hab' was für dich!« Katrin steigt ab, schiebt das Rad durch das Tor, stellt es an die Wand.
»Die hat sie für dich ausgependelt.« Katrin hält ein kleines Stoffsäckchen mit indischem Muster in der Hand. Leicht außer Atem, mit roten Wangen, fingert sie bunte Steine aus dem Beutel. »Das ist ein Tigerauge, für Konzentration und Kraft. Das ist ein Türkis, gegen Unfälle und für Glück. Hier ein Zyklam, für die innere Ausgeglichenheit. Und, ganz wichtig, der Rosenquarz, gegen ungute Strahlen.«
»Was macht man damit?«
»Du mußt sie bei dir tragen. Mach' ich auch.« Katrin hebt den Pullover und zeigt ein ähnliches Säckchen an einer roten Samtschnur. Sie strahlt: »Eben habe ich mir diesen Amethyst gekauft« und holt einen lila gesprenkelten, glattgeschliffenen, eigroßen Stein aus der Hosentasche. »Fühlt er sich nicht wunderschön an?«
Anna nimmt ihn in die Hand, drückt den kalten Stein an die Wange. »Jeder möchte berührt werden, egal von was. Ich war sogar eine zeitlang massagesüchtig.«

»Was hast du gesagt?« Katrin wickelt einen kokosnußgroßen Rosenquarz aus einem Nesseltuch. »Schau mal, den hat sie heute früh erst bekommen. Ist der nicht fantastisch?«

»*Den* müßtest du mir umhängen, nicht die kleinen Stückchen.«

»Die Größe der Steine spielt keine Rolle. Wichtig ist nur, daß du sie täglich unter lauwarmem Wasser wäschst und zwischendurch in die Sonne legst, zum Aufladen. Der Türkis muß in Meersalz gewaschen werden.«

»Die kennt mich doch gar nicht. Wie kann sie denn für mich Steine aussuchen?« Anna starrt ungläubig auf die Steine in ihrer Hand.

»Sie konzentriert sich auf dich, nennt deinen Namen und hält das Pendel darüber.«

»Was ist, wenn es nicht mein richtiger Name ist?«

»Wie, nicht dein richtiger Name?«

»Nun, wenn Anna zum Beispiel nur ein Spitzname ist. An welche Person hat sie denn dann gedacht?«

»An dich, meine Freundin, die hier bei mir zu Hause sitzt.«

»Aber ich hätte ja auch mit dem Rad unterwegs sein können.«

»Warst du aber nicht. Du mußt sie ja nicht nehmen.« Katrin zieht die Jacke aus, streift den Haarreifen neu über die fliegenden Haare, streichelt den rosa Stein.

»Die Steine haben seit Jahrtausenden in der Erde gelegen, sind voll mit Energie, die sie an dich weitergeben. Überdies hat es etwas mit Glauben zu tun. Glaubst du, daß dir etwas guttut, dann tut es das auch. Glaubst du, daß es ein Leben nach dem Tod gibt, dann gibt es das auch. Glaubst du, daß die Liebe wiederkommt, dann kommt sie auch wieder. Am Glauben festhalten, dir Zeit geben, es fließen lassen.«
Im Vorbeigehen knickt sie ein paar vertrocknete Rosenblüten ab und wirft sie in den grauen Kompostkübel.
Anna gibt den glattgeschliffenen Stein zurück. »Für oder gegen was ist der?«
»Amethyste haben eine heilende Wirkung.« Katrin wischt ihn mit dem Nessel ab und steckt ihn wieder in die Hosentasche.
»Es gibt doch nichts zum Festhalten. Wenn die Blume verblüht ist, schmeißt du sie auf den Kompost. Da hilft kein Glaube, die wird nie wieder leben.«
»Du bist nicht die Knospe, du bist der ganze Stock. Und der treibt wieder neue Blüten.«
»Ich sag' dir, welche Blüten der Stock treibt. In drei Jahren habe ich über viertausend Mark für Massagen ausgegeben, und deine Steinesammlung hat mindestens das Dreifache gekostet.«
Katrin dreht sich abrupt um, drückt Anna fest an sich.

»Du bist sehr dünn geworden.«

Nach einer Weile löst sie sich langsam. »Ich muß noch kurz in den Folterkeller, wenn ich nicht wenigstens ein mal am Tag die Muskeln spüre, werde ich unruhig.«

»Ich habe Kaffee aufgesetzt.«

»Nein danke, ich habe schon viel zuviel getrunken. Wir haben uns seit langem auf Tee umgestellt. Ist ja auch gesünder.«

»Apropos wir. Eckes hat angerufen. Er sagt, du willst etwas verkünden. Was ist es denn?«

Katrin bleibt in der Tür stehen, umklammert den großen Stein. Schweigt.

»Hey, nun mach es doch nicht so spannend.«

Katrin bleibt unbeweglich mit dem Rücken zu Anna stehen.

»Nordhexe, sag was, oder ich hole die Flügelaffen.«

»Bleibst du zu meinem Geburtstag?«

»Wenn du mir sagst, wo ich den Film entwickeln lassen kann, ja.«

»Wieso?«

»Weil da dein Geburtstagsgeschenk drin ist.«

Katrin geht, ohne sich umzudrehen, hinein, stellt den Rosenquarz ganz vorsichtig auf den Couchtisch. »Ich mache mir doch noch einen Tee. Warum hast du denn die Lichter angemacht?«

»In dunklen Räumen werde ich unruhig.«

Katrin setzt Wasser auf, nimmt ein chinesisches Tablett, stellt ein Porzellanstövchen, eine kleine Teekanne mit Drachenmotiv, eine dünnwandige Teetasse mit Unterteller und ein gläsernes Schälchen mit braunen Kandisstückchen darauf, füllt aus einer Dose mit Vogelmotiv Jasmintee in den Baumwollfilter, stellt noch eine Kaffeeschale, ein Milchkännchen und weißen Zucker dazu. Der Tablettaufbau hat etwas Rituelles. Sie spült die Kanne mit kochendem Wasser aus, gießt den Rest über die trockenen Teeblätter, legt den Deckel auf die Kanne, schenkt Kaffee für Anna ein. »Wo willst du sitzen, drinnen oder draußen?«

»Zum Tee paßt es windstill, drinnen.«

Sie gehen zur Polstergruppe. Anna drückt die Steine, als wollte sie sie pressen. Katrin setzt sich mit dem Rücken zum Kamin, unter das eingerahmte Photo von der Preisverleihung.

»Es begann mit ein paar Falten am linken Oberarm, vor vier Jahren.« Sie schiebt den Pullover hoch. »Hier, zwei waagerechte Falten. Ich hatte den Kopf aufgestützt und dachte zuerst, das wären Druckstellen. Am Abend vor dem Spiegel fielen sie mir wieder auf. Ich hielt den anderen Arm daneben. Dieselben Linien. Unterhalb des Bauchnabels ebenfalls Querfalten, und am Hals, und an den Oberschenkeln. Meine Haut war alt geworden. Ich mußte ja immer körperlich fit sein, nicht nur, um die Koffer hin- und herzuschleppen, auf- und abzubauen, sondern für die Bühne. Auf der Bühne mußt du jung, fit und schön sein. Die Illusion zerbröckelt, wenn der Magier Probleme hat.« Sie gießt sich Tee ein, nimmt zwei Kandisstückchen, hebt die Tasse mit einer leisen Bewegung.

»Ich massierte und bürstete morgens, mittags, abends meine Falten, bis mir die Haut wehtat. Zu der Zeit wurde ich schon längst nicht mehr so oft gebucht. Es gibt jetzt viel mehr Zauberinnen, teilweise mit wirklichen Sensationen. Ich habe angefangen zu unterrichten, in München im Magischen Zirkel, raste von einer Zauberbörse zur anderen, um Neues für mich zu finden, schrieb für die ›Magie‹ Artikel und versuchte mich so über Wasser zu halten, aber vor allem, mich abzulenken. Eckes bot mir an, mit ihm zu fliegen und Urlaub zu machen. Er verdient genug für uns beide, ich sollte mich ausruhen. Er kann sich vor Arbeit nicht retten, bei mir wurde es immer weniger. Die Tauben habe ich einer jungen Zauberin in Köln gegeben, die auch Kinderzauberei macht und eine regelmäßige Fernsehsendung hat.« Katrin will das Teesieb abstellen, merkt, daß sie das dazugehörige Schälchen vergessen hat.

»Zu dumm, jetzt tropft es. Wir sind gut miteinander, aber die große Verliebtheit geht ja schnell vorbei.

Wir verreisen viel, Eckes nimmt sich immer Zeit für mich. Trotzdem ging ich auf Distanz, habe ihn manchmal gehaßt, manchmal verachtet. Er war immer eins mit dem, was er tat. Da ist das Ziel, und das will er schaffen, und er schafft es auch. Er spürt keine Widersprüche, stellt sich keine Sinnfragen. Der Sinn ist die Arbeit, Arbeit ist Sinn, sagt er. Es gibt keinen Zweifel von außen, also auch keinen von innen.«

Katrin gießt sich die Tasse voll, die Beine übereinandergeschlagen sitzt sie fast angelehnt. Anna hält die Schale mit beiden Händen, ihr Blick klebt an den Lippen, die den heißen Tee hineinziehen.

»Die Tour durch die Amüsierviertel hat mir den Rest gegeben. Keine oder nur winzige Löcher als Garderoben, ich mußte die Nummern im Hotel präparieren, und immer die Panik, ob während des Transports etwas verrutscht ist. Dann diese unerträglichen Wartezeiten in stickiger Luft, diese ewigen Zoten, diese aufgegeilten Biedermänner, denen der Geifer beim Anblick der nackten Transsexuellen über die Krawatten tropfte. Ich stank dagegen ab. Was ich auch versuchte, sie brüllten nach der dritten Nummer: ›Ausziehn! Ausziehn!‹« Katrin schwenkt die Teetasse.

»Haifische in Schnapsgläsern. Und dann bin ich ausgerutscht, hier auf dem Steinweg zum Tor. Letzten

Herbst, ich wollte das Laub zusammenkehren. Rutsche, plötzlich, als ob mir jemand in die Fersen getreten hätte, aus, wickel mir den Besen um den Arm und falle auf die Hand. Trümmerbruch der beiden mittleren Handwurzelknochen. Noch bevor ich mir die Hand ansehen konnte, rasten mir in Lichtgeschwindigkeit die letzten Jahre durch den Kopf. Auftritte, Abtritte, Reisen; Möbel, Schmuck, Konzerte, Fehlgeburten, Empfänge, Applaus, Pfiffe. Ich sah einen Jungen auf mich zeigen: ›Die kann ja gar nicht zaubern! Lügnerin! Lügnerin!‹ Ich sah unsere immergleichen Wochenenden: schlafen, lesen und Tee trinken. Wir haben viel Tee getrunken. Ich habe immer gespürt, welches seiner ›Geschäftsessen‹ im Hotelzimmer geendet hat, aber wir haben nie darüber gesprochen.
Dann habe ich mir ganz ruhig die Hand betrachtet. Die Finger hingen runter. Ich habe den Schmerz nicht einmal gespürt. Hab' den Arm in eine Schlinge gehängt und bin zum Leuchtturm geradelt.« Katrin streckt die Hand vor sich aus.
»Bis auf die Narbe sieht sie wieder ganz gut aus. Sie ist geschraubt und genagelt worden. Und einschenken kann sie auch wieder. Aber den Tee will ich in Mailand weitertrinken.«
Anna hält die Schale immer noch in der Hand, ohne an ihr genippt zu haben. »Wie, in Mailand?«

»Bei Gianfranco Albano.«

»Müßte ich ihn kennen?«

»Er ist der weltbeste Möbeldesigner und Raummagier. Dieser Tisch ist von ihm.«

»Ah! Jetzt erinnere ich mich. David wollte ein Regal von ihm nachbauen. Aus alten Regenrinnen und dem umgefallenen Kirschbaum. Albano für Arme. Und was machst du da?«

»Zuerst einen Monat Hospitanz in allen Produktionsbereichen, dann persönliche Assistenz bei Albano, danach eigene Entwürfe. Er fand's lustig, daß ich Zauberin bin.«

»Was sagt Eckes dazu?«

»Er weiß noch nichts davon. Ich wollte es ihm am Freitag sagen. Am Sonntag, zehn vor zwölf, geht die Maschine von Hamburg.«

Katrin pustet das Licht im Stövchen aus, tippt auf den kokosnußgroßen Rosenquarz: »Und der kommt mit.« Sie läßt sich in das Sofa sacken, wedelt mit dem übergeschlagenen Bein, reibt sich entspannt den Nacken.

Anna löst sich langsam aus der Starre, stellt den kalten Kaffee ab. »Seit wann weißt du das? Ich meine, wann hast du dich entschieden?«

»Ziemlich spontan, vor vier Wochen. Ich hatte ja ein halbes Jahr Bedenkzeit.«

»Was wird mit all dem hier? Und mit Eckes?«

»Das hier bleibt wie es ist. Es ist ja mein Haus. Der Rest wird sich sicher verändern.«
»Wie?«
»Keine Ahnung. Ich weiß nur, jeder Faden, den ich zur Zeit berühre, zieht Laufmaschen. Und ich habe Lust, schnell zu fahren, am liebsten auf der Überholspur und mit doppeltem Fernlicht.«
Anna grinst, zieht die Beine hoch, umklammert sie mit beiden Händen: »Als sie mich vom Band geschoben haben, müssen die Scheinwerfer gerade ausgegangen sein. Dafür haben sie besonders große Bremsleuchten dranmontiert.«

Sie rollt sich zusammen wie eine Schnecke, die Daumen in die Faust gegraben. »Klein, kleiner, am kleinsten«, denkt sie. »Zieh den Deckel zu, Lotti, die Ebbe kommt.«
»Wenn du dich wie eine Strandschnecke verhältst, wirst du irgendwann plattgetreten!« brüllt die laute Stimme in ihrem Kopf.
»Du hast ein Kind. Du kannst nicht auf der Überholspur rasen«, flüstert die leise Stimme.
»Auf dem Parkplatz ist es immer noch am sichersten«, stottert die stumme von ganz hinten aus der Dachkammer.
»So was kreuzblödes! Kommt raus, wenn man sie rüttelt.« Die laute Stimme lacht.

»Mit Nastja drehte sich ein neues Rad, eine neue Zeit. Ich dachte, stell deins ab und fahr ein Stück bei ihr mit. Wieder im Kinderschrittempo durch den Wald gehen, mit Kinderkopf denken, ohne Aufschub, ohne Abwägen, ohne Geduld. Aber David drehte sein Rad ganz in seine alte Zeit zurück. Wollte wieder von Muttern gefüttert, geputzt und angezogen werden.« Anna legt den Kopf auf die Knie, versteckt das Gesicht vor Katrin.

»Wieder aus Kinderaugen sehen: Was ist das? Wo und warum fragen. Warum gibt es Feuer? Ich hatte es vergessen, ratsch, das Feuerzeug, oder zisch, das Streichholz, es funktionierte, oder switch, den Schalter. Tägliche Selbstverständlichkeiten. Wo sind die toten Omis? Was ist Winter? Das Frage-Antwort-Spiel machte mir Spaß. Ich fragte auch: ›Warum zimmerst und weißelst du uns ein? Wo geht deine Reise hin?‹ David schwieg. Schon als Kind hatte er mehr zugehört als Fragen gestellt. Die Antworten der Eltern fand er doof, Erklärungen der Lehrer dagegen notierte er sorgfältig auf. ›Mein Wort ist das Foto‹, sagte er.«

»Das ist feige!« kracht die laute Stimme dazwischen.

»So kann man das nicht sehen. Er hat es ja nie gelernt«, summt die leise Replik.

»Abschied von den Eltern!, meine Liebe. Dann hätte er wenigstens die Taubstummensprache lernen

sollen. Irgendeine Sprache. Wer nicht spricht, der vergißt. Sprache ist die einzige Waffe gegen Angst und Vergänglichkeit.«
»Vielleicht hat er keine Angst?«
»Und warum zimmert er sich ein?«
»David sagt, sterben müssen wir sowieso, warum noch darüber reden.«
»Und warum hat er aufgehört zu fotografieren?«
»Dem Wein zuzuschauen bringt ihm mehr.«
»Warum hat er aufgehört, dich zu streicheln?«
»Weil es mir nicht mehr gefiel, wie er es tat.«
»Warum hast du es ihm nicht gesagt?«
»Weil ich das Reden verlernt habe.«
»Warum hast du ihn nicht gestreichelt?«
»Weil ich das Lieben verlernt habe.«
»Warum bist du nicht früher gegangen?«
»Ich habe mich versteckt und darauf gewartet, daß er mich sucht.«
»Fünf Jahre lang?«
»Er war ein Stück Heimat.«

Anna tastet das Gesicht, taucht wieder auf, zündet sich eine Zigarette an. »Warum habt ihr keine Kinder?«
»Am Anfang wollte Eckes keine, weil er schon vier hat, dann ...«
»Eckes hat vier Kinder? Wo denn?«

»Die sind bei ihren Müttern. Der Franzose lebt in der Nähe von Arles, der müßte jetzt zweiunddreißig sein, den hat er aber nie gesehen.«
Anna lacht laut auf. »Entschuldige bitte, aber ich verstehe es nicht.«
»Die Frau wollte ein Kind und suchte einen passenden Mann. Eckes war gerade siebzehn geworden, trampte kreuz und quer durch Frankreich und schlief nachts unter freiem Himmel. Sie hat ihn zu sich eingeladen, ihn zwei Wochen fürstlich bedient, und ihn dann weiterziehen lassen. Nach Jahren hat sie ihm eine Karte geschickt. ›Es waren schöne Tage mit dir, und es ist ein schöner Junge geworden.‹«
»Da waren's nur noch drei.«
»Dann kamen die Zwillinge. Für Eckes war die Liebe schon vorbei. Aber die Frau wollte unbedingt noch einmal ein Gespräch. Sie blieb übers Wochenende, und sie schliefen zusammen. Danach schrieb sie ihm regelmäßig jeden Monat eine Karte. »Ich bin im ersten Monat. Ich bin im zweiten Monat ... Ich bin im neunten Monat. Es sind Zwillinge!« Vaterschaftsklage, natürlich gewonnen, aber Eckes hat sie trotzdem nicht gekriegt. Er hat lange und viel bezahlt. Die sind jetzt fünfundzwanzig.«
»Haben sie Kontakt miteinander?«
»In den ersten Jahren mußte er Weihnachtsmann und Osterhase spielen. Jedesmal, wenn er dort war,

hat die Frau versucht, ihn zu erpressen oder ihn vor den Mädchen mies zu machen. Deshalb hat er den Kontakt ganz abgebrochen. Und die Mädchen haben sich von sich aus auch nicht gemeldet. Aber mit der Jüngsten, die ist jetzt zweiundzwanzig, hat er eine sehr gute Beziehung. Er wollte zwar damals das Kind auch nicht, wegen den anderen unglücklichen Geschichten. Aber er hat die Frau sehr geliebt. Leider hat sie nicht mitgemacht. Sie fühlte sich zurückgestellt. Er war dauernd unterwegs, wie heute auch. Mandanten hier, Mandanten dort, Mandanten morgens, mittags, abends. Sie hatte vorher die Galerie ihres Vaters geleitet und saß plötzlich mit dem Kind zu Hause und wartete auf Eckes. Als die Kleine zwei wurde, hat sie die Scheidung eingereicht, aber der Kontakt zwischen Vater und Tochter ist nie abgebrochen. Tja, deshalb wollte er anfangs kein Kind.«

»Und du?«

»Bis fünfunddreißig haben wir uns sogar richtig darüber gestritten. Zwischendurch habe ich es nicht mehr ausgehalten und bin nach Paris geflüchtet. War ein halbes Jahr in der Zirkusschule und hab' Clownstechniken gelernt, für ein reines Kleinkinderprogramm. Aber nach zwei Fehlgeburten war das Thema für mich erledigt. Es wollte mich nicht, und ich wollte mich nicht aufdrängen ... Was hat eigentlich Frau Mann gemacht?« Anna drückt die halbe Ziga-

rette aus. »Frau Mann? Ich weiß es wirklich nicht. Sie hat in der Stadt gearbeitet. Und die Stadt war für mein Kinderhirn damals mit Abenteuern verbunden. Also hat sie etwas Abenteuerliches gemacht.«
»Welche Farbe hat sie getragen?«
»Ich habe sie schwarz in der Erinnerung.«
Katrin steht auf, nimmt das chinesische Tablett. »Die Farbe der Schornsteinfeger und Witwen. Ich muß runter, sonst werde ich zu müde.«
Sie stellt das Tablett am Küchentresen ab, geht die Wendeltreppe in der hinteren Raumecke hinunter, lächelt kurz durch die Gitterstäbe: »Nimm, was du brauchst, und fühl dich wie zu Haus.«
»Danke. Wo ist meine Reisetasche?«
»Oben, im Gästezimmer.«
»Wann geht die Fähre?«
»Wieso? Wo willst du hin?«
»Zurück in meine Mietwohnung.«
Katrin geht die Stufen wieder hoch, bleibt am Geländer stehen. »Aber du wolltest doch zu meinem ...«
»Ich schick dir dein Geschenk.«
»Jetzt noch mal sieben Stunden Fahrt. Warum?«
»Ich habe Lust, auf den Kölner Dom zu steigen.«
Katrin lacht. »Si. Perchè no!«
Die Frauen sehen sich an, dann Anna: »Du hast die Haare am Kinn weggezupft. Stimmt's?«
»Stimmt. Wahrscheinlich zu viel Tee getrunken.«

»Wann geht die Fähre?«

Katrin sieht auf die Uhr: »Die müßte gleich ablegen. Die nächste geht in zwei Stunden. Ich fänd's schön, wenn du bleibst.«

»Ich weiß, aber ich will zurück.« Anna will die Stufen hinter dem Kamin ins Gästezimmer hoch.

»Warte, ich fahr' dich.«

»Nein, bleib hier. Ich möchte auf der Deichkuppe gehen.«

Katrin umarmt Anna: »Komm, wann immer du es brauchst. Der Schlüssel ist bei Frau Heise. Ciao, bella!« Sie verschwindet zwischen den Gitterstäben in den Keller.

Anna holt die Reisetasche. Kurz vor der Tür dreht sie um, legt die ausgependelten Steine auf den Tisch neben den kokosnußgroßen Rosenquarz. »Strahlt schön, Katrin braucht euch.« Sie geht in den Garten hinaus. Ein dünner, safrangelber Lichtstreifen lukt durch die dichten Wolken am Horizont, der Wind biegt die Baumspitzen, wirbelt um sie herum, saugt kalt am Nacken vorbei, drückt und schubst sie von allen Seiten. Sie bindet sich den Schal fest um den Kopf. Hinter der Deichkuppe schleicht eine Fähre langsam von der Insel weg. Die zwei Lichtreihen der oberen Decks grinsen wie ein Clown nach einem gelungenen Salto. »Es spukt in meinem Kopf, aber ich seh' keine Farben und rieche nichts. Es ist etwas, was ich noch nicht kenne«, hatte sie Katrin gesagt.

Renan Demirkan
Schwarzer Tee mit drei Stück Zucker
Leinen

»Damals hatten sie nicht nur ihre Freunde, Nachbarn, Verwandten und Kollegen verlassen, sie verließen Gerüche und Düfte, die zu jeder Tageszeit aus den offenen Wohnzimmer- und Küchenfenstern strömten und in den überfüllten Taxen und Minibussen in der Luft hingen. Das Gewirr der Töne aus Huporgien und Bazargeschrei, aus den Rufen der zahllosen Wasserverkäufer und Lumpensammler, der Imame von unzähligen Minaretten und den verkrüppelten Bettlern, den barfüßigen Schuhputzern und Zeitungsjungen. Sie verließen unbeschreibbare Sonnenauf- und -untergänge, die unerträgliche Mittagshitze, in der sich das schäbigste Dorf in einen goldenen Palast verwandelte, das Licht in den Teehäusern, wo die alten Männer sich bei Tavla und schwarzem Tee mit drei Stück Zucker ihre Sorgen teilten. Sie verließen Wortspielereien und Gesten, über die ganze Abende durchgelacht wurde. Mitgenommen haben sie sieben Koffer, gefüllt mit warmer Kleidung, mit Zeugnissen, Fotos und ein paar Gewürzen.«

Kiepenheuer & Witsch

ERICA FISCHER
AIMÉE & JAGUAR
Eine Liebesgeschichte, Berlin 1943

Gebunden. Mit 60 Photographien und Dokumenten

Erica Fischer begegnet in Berlin der 80jährigen Lilly Wust. Von ihr läßt sie sich die Geschichte ihrer Liebe zur 23jährigen Jüdin Felice Schragenheim erzählen, die mitten im Krieg begann und nur kurze Zeit bis zu Felices Deportation nach Theresienstadt und Groß-Rosen währte. Zurück blieben Gedichte, Briefe, Tagebücher, Photographien. Erica Fischer hat viele Spuren aufgenommen und mit ihrer Erzählung ein großartiges Zeugnis einer außergewöhnlichen Liebe in extremer Zeit geschaffen.

KIEPENHEUER & WITSCH

Herrad Schenk
Am Ende

Roman
Gebunden

Mit großem Einfühlungsvermögen und sensibler Hellsicht dringt Herrad Schenk in die innere *terra incognita* des alten Menschen vor. Für Elli, die mit ihrem durch einen Schlaganfall gelähmten und stummen Mann zusammenlebt, wird die letzte Lebensphase zu einem zähen Kampf um ihr bisheriges Leben, ihre Würde und ihre Liebe. Wir erkennen plötzlich die verborgenen Motive hinter der Sprachlosigkeit in diesem Kapitel der menschlichen Biographie, das die Summe des ganzen gelebten Lebens ist.

Lilian Faschinger
Frau mit drei Flugzeugen
Erzählungen

Leinen

Äußerlich scheint in diesen Geschichten alles normal. Von Singles und Paaren ist die Rede, wie sie leben, arbeiten, sich vergnügen. Aber unter der Oberfläche spielen sich kleine Dramen ab – die Welt der Lilian Faschinger ist nicht geheuer ...